Aroma a salitre

Aroma a salitre

Miguel A. Crespo

Aroma a Salitre
Primera edición, agosto 2023
© 2023, Miguel A. Crespo

Gestión editorial por Construye tu Libro
(www.construyetulibro.com)

Corrección del texto por Karen Serrano y Luis Alfaro Pérez

Diseño de cubierta por Jacob Rivera Barreto

Publicación independiente
PoD Amazon

ISBN: 978-1-961329-04-1

A mi pueblo de Camuy, mi cuna de sueños y a mis hijos, Miguel, Aida y Pedro porque son el más grande regalo de mi vida.

AGRADECIMIENTOS

Gracias primeramente a Dios, quien ha sido mi guía durante toda mi vida. Mi más sincero agradecimiento a mi querida hermana Judith por sus buenos consejos y su ayuda en la corrección de mi novela. A Gizelle Borrero, por su entusiasmo mostrado hacia mi obra y su cooperación en la edición de la misma. A don Eric Donate, un ser especial, que colaboró con la creación de mi historia. En especial, quiero agradecer a mi amada esposa Zahira, por su enorme paciencia y por su apoyo incondicional en todo lo que hago. Y por último, a mis padres, que desde algún sitio me ven y sonríen.

El mar, inmenso en su extensión, se volvía violento y oscuro cuando se enfurecía; lanzaba espuma blanca y rugía como una fiera salvaje. A Cecilia Amador le tomó años comprender el comportamiento de aquel océano e incluso llegar a quererlo. Tal vez fue la soledad lo que le permitió reconciliarse con aquel ser impetuoso que acariciaba las costas de su pueblo. El día que iban a colocar la cruz en el Peñón Amador, amaneció fresco y los gallos anunciaron la proximidad de la nueva alborada.

Cecilia se levantó temprano, alrededor de las seis y media de la mañana, recogió su cabello en un moño y se vistió con uno de esos trajes negros y grises que solía usar a lo largo de su luto autoimpuesto. Era un vestido simple de tela suave, con cuello redondo y mangas cortas, que le llegaba por debajo de las rodillas. Llevaba zapatos cerrados muy discretos, de tacón bajo, además de una sencilla pulsera de oro en la mano derecha. Preparó café y lo sirvió en una taza blanca de metal esmaltado, con el borde azul añil. Caminó erguida hacia el balcón y se sentó en su vieja mecedora, un mueble criollo hecho de caoba y pajilla natural que había heredado de su padre. A pesar de ser una mujer madura, conservaba la gracia y la fortaleza de otros tiempos.

Fueron el embrujo del mar y el aroma a salitre, que se paseaban como espectros por toda la playa, los que le robaron el aliento a Cecilia. Respiró hondo, casi jadeando, como quien sale del agua en busca de aire después de nadar, y recordó la promesa de amor que Arturo y ella intercambiaron en aquel balcón frente al mar. Cecilia buscó consuelo en los recuerdos, aquellos que había mantenido enterrados en silencio y que jamás la abandonaban. Quiso revivir los momentos felices, los instantes de ternura que nunca pudo olvidar, la historia de su gran amor. Bastó tan solo un segundo para que un remolino lleno de emociones se apoderara de su pensamiento. Surgió la imagen de un océano lleno de ausencia, dolor y sufrimiento, a pesar de que habían transcurrido treinta y tres años desde el accidente en el que murió Arturo. Se estremecía cada vez que esas memorias la atormentaban. Todavía le costaba creerlo. Cecilia suspiró; intentaba mantener la calma, sacudió la cabeza y tomó un sorbo del café. Sintió cómo el ambiente estaba impregnado del aroma a esencias marinas que volvía a evocarle cada rasgo de Arturo. Esperaba con ansiedad el que se cumpliera su promesa: aquella que le daría la libertad espiritual de estar junto a él.

Era el 24 de junio de 1973 y la noche anterior había sido larga; los ruidos de la celebración en la playa se extendieron al filo de la madrugada. Cecilia no durmió hasta que los ecos del bullicio desaparecieron. Aprovechó el tiempo para leer algunos poemas de Julia de Burgos, aquellos que había marcado en el libro que su amigo Armando le regaló. Luego, repasó la carta de su amado Arturo. Un sentimiento de culpa se apoderó de ella. Su voz interna solo repetía: "No fui capaz de cumplir la promesa". Sintió sus músculos comenzar a relajarse, la respiración era más lenta y sus ojos apenas se movían.

Volvió a soñar como siempre con Arturo: Ella corre descalza bajando por las escaleras de la casa y se dirige a la playa del Peñón Amador. Atraviesa en medio de dos largas filas de palmeras y siente el zumbido del viento. Desde lejos, ve la figura iluminada de Arturo, quien extiende los brazos, sonríe y la llama por su nombre. "Cecilia, Cecilia..." La última vez que dice su nombre, ella apenas escucha su voz. Cada paso que da requiere más esfuerzo que el anterior. Intenta correr para llegar junto a él, pero no lo consigue. Una fuerza extraña detiene su cuerpo, y sus pies se hunden en la arena. Está exhausta. No entiende el embrujo que sujeta su paso y no le permite llegar a los brazos de Arturo. El eco de las vibraciones del mar inunda sus oídos.

Reapareció la misma pesadilla que llevaba reviviendo durante años. Odiaba aquella escena que le causaba angustia, pero a la vez la añoraba. Sabía que era la única forma de ver y escuchar al hombre de su vida. Necesitaba volver junto a él y oír sus palabras. Solo logró descansar unas horas cuando la campanilla ruidosa de su antiguo reloj la despertó. Un rato después, Cecilia cavilaba ansiosamente. Sentada en la mecedora, con su taza de café en la mano, observó cómo los rayos del sol se estiraban por la arena blanca, iluminando las aguas azul turquesa de aquel mar gigantesco. No muy lejos de la casa, cerca de la orilla, vio la figura de su hijo, Juan Arturo, trabajando junto a otros dos hombres para llevar un par de vigas de madera al Peñón Amador. Con ellas, construirían una cruz que colocaran en la cima de la gran piedra. Los otros que ayudaban en la faena eran José Enrique "Quique" Amador, el hermano de Cecilia, y Gregorio "Goyo" Valentín, un viejo amigo de Arturo. Cecilia nombró a su hijo Juan en honor a su abuelo Juan Amador, un español de Islas Canarias, al cual recordaba con amor. Le dejó como segundo nombre el de Arturo para recordar a su amado pescador, Arturo Santiago, pero desde niño apodó a su primogénito "Junito".

Cecilia se acercó a la barandilla del balcón para observar cómo movían los maderos. Sintió ráfagas de aire y su mirada se detuvo en las ondas de espuma blancuzca que iban y venían sobre la arena. El sol ya calentaba temprano y Cecilia notó que lágrimas le humedecían los ojos. Una vez la cruz estuviera sobre el peñón, su juramento se habría cumplido, y solo faltaría esperar por la voluntad del Creador para ir al encuentro con Arturo Santiago. Cuando llegara el momento, cerraría los ojos, y la magia de aquella luz, que veía en sus sueños, la transportaría al mundo maravilloso donde Arturo habitaba desde hacía muchos años. Volverían a ser felices. Comenzarían a recuperar el tiempo que no lograron disfrutar juntos.

Junito, como lo llamaba su mamá y todos en el barrio, coordinó el trabajo para esa mañana. Se había levantado temprano, antes que Cecilia. Tenían dos botes con motores de gasolina para trasladar los travesaños.

—Hay que mover esta madera rápido antes de que la mar se pique —dijo Goyo.

—Ya amarré una de las vigas. Oye, ¿por qué tú siempre le dices "la mar" y no "el mar"? —preguntó Junito.

—Mi padre decía que la mar es como una mujer… Impetuosa y caprichosa, ¿entiendes?

—Sí. Ya sé a quién se parece —respondió Junito riéndose.

—Deja los chistes, que se nos hace tarde. Amarra bien la otra viga.

Las dos piezas eran de madera de ausubo. Una semana antes, las dejaron listas para colocarlas en el lugar establecido. Estaban cerca de la orilla, en el solar próximo a la casa de Cecilia. Aunque las vigas eran pesadas y largas, confiaban en que flotarían sobre el agua. Amarraron una a cada bote para moverlas. Al entrar al mar, una de ellas se encajó en los peñones negros y grandes que custodiaban el borde de la playa. Goyo se lanzó al mar y, con la ayuda de un remo, logró mover la madera para desencajarla.

—¡Dale ahora, para que salga de estas piedras! —le gritó a Quique.

Les tomó tiempo, pero lograron transportar los maderos a la orilla del peñón. Sabían que, una vez formaran la cruz, sería más difícil moverla hasta el lugar donde finalmente la levantarían. Goyo decidió regresar a la playa en busca de ayuda. Mientras tanto, Junito y Quique comenzaron a unir las dos vigas. Insertaron los cuatro tornillos de acero inoxidable y fijaron los brazos al madero vertical. Al poco rato, Goyo regresó con cuatro muchachos que les ayudarían con el proyecto. Una vez ensamblada, les costó mover la cruz a través de aquella piedra volcánica y escarpada. Durante el trayecto, Junito cayó al suelo y se hizo un rasguño en el tobillo de la pierna derecha. Por su parte, Quique tropezó y, al tratar de sujetarse, una filosa roca le dejó un tajo en la mano izquierda. Se detuvieron para atender sus respectivas heridas y redistribuir entre ellos el peso de la estructura. Unos minutos después, reanudaron la marcha. Luego de un caminar lento, lograron llevarla a lo alto del peñasco. La acercaron al hueco que habían hecho una semana antes y la colocaron. La parte de abajo entró cerca de 15 pulgadas dentro del agujero, tal y como lo planificaron. Encajó sin tener que hacer ningún otro arreglo. ¡Habían levantado la cruz!

—¡Lo hicimos! ¡Se logró! —gritó Junito y se lanzó a abrazar a Goyo y a Quique. Luego, le dio un apretón de mano a los jóvenes que le ayudaron.

Desde el balcón de su casa, llena de emociones y recuerdos, Cecilia observó por primera vez aquel símbolo de amor: su compromiso hecho una realidad. La promesa que le hizo a Arturo estaba cumplida.

—¡Oh, Dios inmenso, gracias! —exclamó la mujer sin apartar la mirada de la cruz, aún incapaz de creer lo que estaba viendo, luego de tantos años de intentos fallidos.

Entre lágrimas, aplaudió y gritó: "¡Arturo, vivirás por siempre…! ¡Eres mi eterno amor!". Pensó que después de aquella larga espera, de lo absurdo que resultó no poder colocar la cruz antes de ese momento, al fin podría estar tranquila. Había cumplido su juramento; sonrió. Sólo le quedaba esperar a Junito para visitar la playa y bendecir aquel símbolo en honor a la vida de su inolvidable Arturo. Aunque, en el fondo, preferiría hacerlo sola. En ese instante, sintió una leve presión en el pecho. Respiró profundo y se mantuvo quieta por unos instantes. Aquel dolor corporal desapareció; decidió preparar el arroz y el pescado para recibir a su hijo.

El verano había llegado y eran las últimas horas de aquella tarde calurosa. Una vez finalizaron la obra, Goyo regresó con los muchachos a la playa del Peñón Amador. Necesitaba un cigarrillo; quería relajarse. Junito viajó en el bote de Quique y, mientras se dirigían a la orilla, escuchaba cómo el mar murmuraba cada vez que la embarcación chocaba contra las olas. Parecía que el océano le agradecía por haber hecho realidad el juramento de amor que realizó su madre. El joven no podía parar de observarla. Reconoció que era un símbolo que no solo serviría para recordar la vida de su padre Arturo Santiago, sino también el amor eterno entre él y su madre, Cecilia Amador; la travesía de un romance lleno de luchas y angustias.

Junito tenía treinta y dos años y vivía con su madre en la casa que construyó su abuelo. Deseaba desembarcar rápido porque sabía que su logro llenaría de felicidad a su madre. La promesa que ella realizó, treinta y tres años atrás, finalmente se materializaba. Solo restaba llevar su mamá a la playa para que bendijera la cruz. El joven recordó cómo su madre le relató la muerte de su padre en aquellas aguas antes de su nacimiento. Desde que era un niño, le prometió a Cecilia que la ayudaría a cumplir su sueño de ver una cruz erguida sobre el mar donde se ahogó su papá.

Hubo celebración en la playa del Peñón Amador, en el sector Bajura del pueblo de Camuy. Era el fin de semana del 24 de junio y, como dictaba la costumbre, se organizó desde la tarde anterior una festividad para conmemorar la Noche de San Juan. Esas fueron las voces que Cecilia escuchó en su cuarto cuando la gente, al llegar las doce, según la tradición, se tiró de espaldas a las aguas tibias del océano Atlántico. Era una actividad en honor a San Juan Bautista, como recitaba el padre de la parroquia. Comenzó el día 23 por la tarde y se extendió hasta el domingo 24. La gente movía los pies a los ritmos de la salsa y merengue que retumbaban de una bocina sobre una tarima improvisada. Algunas parejas bailaban mientras otros hacían fila para comprar bacalaítos y alcapurrias en los quioscos. El lugar donde vendían bebidas era el más concurrido. Un letrero anunciaba el especial del día: "Cuba libre - $1.00". Los niños corrían por la playa y hacían línea en espera de poder subir a los juegos mecánicos: el carrusel, con los caballitos decorados, y los columpios voladores. Mientras tanto, algunos vecinos y bañistas observaban aquella estructura que colocaron sobre la gran roca.

Muchos en el barrio conocían de la existencia de aquellas vigas en la playa y de la intención de colocar un símbolo religioso en el peñón. Esos rumores se habían extendido por todo el pueblo. Un fotógrafo de un periódico nacional tomaba fotos en la playa y hacía preguntas acerca de la historia detrás de la cruz. Pasado el mediodía, entrevistó a Maximino Cabrera, quien se expresaba en contra del símbolo religioso colocado en el peñón. Maximino vivía en el barrio desde hacía más de diez años. Era pescador de orilla y trabajaba a tiempo parcial como personal de mantenimiento en el municipio de Camuy. Muchos en el barrio lo conocían como el hombre que se quejaba por todo; un hablador, al que le gustaba discutir de política y deporte. Era de los que exigía que se removiera la cruz de inmediato. Discrepaba de la función de aquel ícono cristiano en aquel lugar. A su juicio, entendía que violaba sus derechos.

—El que quiera tener una cruz, que la tenga en su casa. Yo no la tengo, ni me hace falta —comentó Maximino al periodista mientras se tomaba una cerveza.

Alegó que, al verla en el peñón, le pareció que se trataba de un "espantamales", "alejademonios" o de algún tipo de "espantabrujas". Le preocupaba que pronto se convirtiera en un asunto de mitos y leyendas que podría alejar a los turistas y compradores de pescado del área.

—Yo no estoy de acuerdo, a mí nadie me consultó, y para colmo esa cruz no nos representa a todos en el barrio —manifestó Maximino casi gritando y se dirigió a la orilla de la playa.

El hombre esperaba por la llegada de Junito para dejarle saber su descontento. Minutos más tarde, la embarcación de Quique Amador arribaba a la costa. Algunos vecinos fueron a recibirlos, incluidos el fotógrafo y Maximino Cabrera. Tan pronto el bote se acercó, ayudaron a subir la embarcación al remolque, y de inmediato surgieron las preguntas.

—Señores, ¿por qué ustedes han colocado esa cruz en el peñón? —preguntó el fotógrafo.

—Es un símbolo para recordar la vida de mi padre, un pescador que murió en estas aguas. Si quiere, le explico más tarde porque tengo que buscar a mi mamá. Lo dejo, que estoy un poco retrasado —respondió Junito sonriente, mientras caminaba entre el grupo de personas.

Cuando fue a pasarle por el lado a Maximino, el hombre lo detuvo y lo agarró firme por el brazo.

—Tienes que remover esa cruz. No pediste permiso para hacer eso —argumentó Maximino.

De un halón, Junito se soltó, y de inmediato le respondió:

—Coño, ¡tú te quejas de todo! La cruz se queda y no hay nada más que discutir. Cuando yo regrese, si tienes alguna duda, la aclaramos. Y no me vuelvas a tocar —expresó molesto el joven.

Junito continuó con su marcha en busca de su madre. Maximino, en silencio, se mantuvo cerca del área de las yolas. Los demás vecinos regresaron al disfrute de la actividad mientras el fotógrafo continuaba con su trabajo en la playa. Quique, que lucía un pañuelo amarrado en la mano izquierda para cubrir el tajo que se hizo, sacó el bote del agua y lo regresó a su casa. Goyo había llegado antes junto al grupo de jóvenes que le ayudaron en el peñón. Recostado en una de las palmas, tanteaba los bolsillos de su pantalón en busca de un cigarrillo que no logró encontrar. Amaba fumar y lo hacía desde muchacho. Se crio en el barrio, donde trabajó desde que era un niño para ayudar a su mamá y a sus hermanos. Era un hombre de alrededor de cincuenta y nueve años, alto, con una cabellera abundante, y siempre andaba de buen humor. Fue amigo y socio inseparable de Arturo Santiago y por eso se involucró en la tarea de poner la cruz en el peñón. Se lo debía a su compañero. Seguía con ganas de fumar, así que miró a su alrededor y, cuando vio al fotógrafo con la cámara en mano, lo llamó.

—Amigo, ¿tendrá usted un cigarrillo que me pueda regalar? —dijo Goyo.

—¡Claro! —contestó el fotógrafo—. Pero me tiene que ayudar con la historia de este peñón.

—No se preocupe, yo conozco bien este lugar. He vivido más de cincuenta años en la Bajura —respondió Goyco mientras prendía el cigarrillo—. ¡Ah! Chesterfield sin filtro. Esto es un buen tabaco.

—Perdóneme, no me ha dicho usted su nombre —interrumpió el fotógrafo—. El mío es Gerardo Machado, fotógrafo y reportero del periódico *El Mundo*.

—Señor, me llamo Gregorio Valentín, pero todos aquí me dicen Goyo: pescador cuando hay pesca, y trovador de décimas, si se habla de cantar.

—Mire, don Goyo, ¿y por qué pusieron esa cruz en el peñón?

—Esa es una larga historia, pero déjeme empezar por el principio —comentó Goyo mientras pensaba cómo calmar los ánimos de Maximino Cabrera y así cancelar su protesta.

El hombre le relató en detalle la razón para haber colocado aquel símbolo en la cima de la gran roca.

Arturo y Goyo nacieron y se criaron en el sector Bajura de Camuy: un área tranquila de suelo arenoso, llena de hileras de palmeras enormes que parecían soldados en vigilia. Abundaban los arbustos de membrillos que segregaban la playa del camino principal. Los jóvenes se conocían desde hacía más de diez años, y ambos disfrutaban de las bellezas que ofrecía la playa del Peñón Amador. Arturo, quien ayudaba con la pesca a su padre Julio, tenía unos dieciocho años. Era un muchacho delgado, alto, fuerte, de tez morena, pelo negro rizado y ojos verdes. Completó el octavo grado en la escuela elemental del pueblo, pero no pudo terminar sus estudios. El plantel superior quedaba en Arecibo, y el papá no tenía los recursos para enviarlo hasta esa escuela. Goyo era cinco años mayor que Arturo. Estudió hasta tercer grado, pero era un autodidacta que aprendía rápido. Podía leer el periódico, escribir con dificultad y hacer cuentas simples. También dominaba el arte de cantar décimas. Su único vicio era el cigarrillo. Fumaba uno tras otro en el tiempo que pasaba pescando. Trabajaba en el ingenio azucarero Riollano de Camuy y, al final de cada día, corría en busca del nilón para llegar a la orilla y lanzarlo, con la esperanza de que algo mordiera el anzuelo.

Arturo y Goyo frecuentaban la playa del Peñón Amador por la abundante pesca que ahí se conseguía. Además, el lugar era centro de reunión de los pescadores. El peñón, a corta distancia, custodiaba la entrada a la playa por el agua. Los arbustos de uvas playeras, con sus ramas retorcidas y sus redondeadas hojas de colores, la protegían contra los fuertes vientos que recibía del mar. Era la costa a donde regresaban las tortugas marinas a depositar sus huevos. En los meses de septiembre y octubre, se veían a las nuevas crías caminando por la arena para llegar al mar. A lo largo de los años, el área se había convertido en una villa pesquera, y los pescadores mantenían sus embarcaciones cerca de los uveros. El ruido de las olas al chocar contra las rocas producía una música rítmica que hacía bailar la espuma blanca en la arena. Para los vecinos, se había convertido en el sitio perfecto para ver cómo caía la tarde, contando los últimos segundos del sol antes de que desapareciera bajo el horizonte. Para otros, era el lugar para contemplar la inmensidad del océano y sentir la suave brisa marina. Sin embargo, muchos la consideraban como una playa peligrosa por sus fuertes corrientes; en especial, cuando el oleaje subía de forma repentina.

Don Julio, el papá de Arturo, tenía su propia embarcación. Se dedicaba, como muchos otros en el barrio, a salir temprano en las mañanas en busca de un buen banco de peces que le permitiera agarrar lo suficiente para luego venderlos. No era mucho lo que ganaba, pero le daba para sobrevivir con su esposa María y su único hijo. Era dueño de una parcela cerca de la playa, donde construyó una pequeña casa simple y funcional. El piso, las paredes y las ventanas eran de madera; el techo, de zinc. Tenía un solo dormitorio pequeño, que era el cuarto de los papás de Arturo. Era un hogar humilde donde se respiraba un ambiente de paz y alegría. En el patio había diversas plantas medicinales y comestibles; entre ellas, uvas, matas de sanguinaria, granada, un naranjo, un limonero, un árbol de guanábano, otro de pana y dos de papayo. La piel oscura y seca de Julio se había tostado por la continua exposición al sol y al salitre. Reconocía que el trabajo para mantener a su familia era arduo y sacrificado. No deseaba que su hijo pasara por lo mismo que él. Le sugirió en varias ocasiones que buscara empleo en uno de los negocios del pueblo. A menudo le aconsejaba que picar caña o trabajar en las fincas de tabaco eran mejores alternativas que dedicarse a la pesca. Sin embargo, esos trabajos no le apasionaban a Arturo. Su mundo era el mar.

Arturo y Goyo mantenían una gran amistad. Frecuentaban la playa por las tardes para pescar juntos y hablar de sus metas. Ansiaban desarrollar un negocio, y durante meses discutieron la idea de montar una pescadería. Conocían a la mayoría de los pescadores locales, por lo que esperaban comprarles la mercancía y revenderla a los colmados del pueblo, así como a otros clientes. Pensaban que sería de beneficio para ambas partes. Los trabajadores tendrían un lugar seguro para vender el producto, mientras ellos contarían con un grupo de suplidores que garantizaría el éxito de la empresa. Solo les hacía falta el capital para establecerlo. Lo discutieron una y otra vez. La idea tomaba mejor forma con cada reunión frente al mar en la que hablaban de aquel sueño.

En ocasiones, Arturo visitaba la playa junto a Cecilia Amador, una hermosa joven de grandes ojos color avellana y cabellos negros. Siempre adornaba su pelo con cintas de colores; tenía una pequeña cicatriz sobre su ceja derecha. Se veían muy enamorados, y ellos también hacían planes para el futuro. La joven soñaba con ser maestra y dar clases en su pueblo. Se graduaría pronto de la escuela superior, y aspiraba completar sus estudios en la universidad. Los planes de Arturo eran más simples: quería reunir dinero para establecer su propio negocio. Le tomaría tiempo, pero entendía que, de esa forma, podría formalizar la relación con Cecilia y tendría algo que ofrecerle. Arturo conoció a la joven cuando ambos estudiaron en la escuela elemental, y desde entonces comenzó a nacer el interés romántico entre ellos. Al final del octavo grado, Arturo le envió una pequeña nota, con solo dos oraciones: "Te amo. ¿Quieres ser mi novia? Firma: Arturo". Cecilia recibió el mensaje el último día de clase. Emocionada, juró en aquel entonces que nada los separaría. Buscó al joven en la escuela y, parada frente a él, le dijo: "Sabes que soy tu novia". Ella le devolvió la nota con un simple "sí". Desde aquel instante, surgió la magia entre ellos. Los jóvenes se veían a menudo porque doña María, la mamá de Arturo, trabajaba desde hacía varios años en casa de Carmelo Amador, el papá de Cecilia. Al salir de la escuela, mientras esperaba que su madre completara la faena diaria, aprovechaba para conversar con su enamorada.

A Goyo se le hizo fácil darse cuenta del amor que compartían aquellos jóvenes. Era obvio que la mirada sincera en los ojos verdes de Arturo había cautivado a Cecilia. Parecía decirle lo que las palabras más simples no lograban expresar. Él no podía ocultar que le encantaba la sonrisa, la espontaneidad y el carácter afable de ella. Desde hacía cuatro años, mantenían su noviazgo en secreto. Aunque, con el permiso de Cecilia, Arturo le confió a su mejor amigo que eran novios. Habían acordado que, una vez Cecilia finalizara las clases y se graduara de escuela superior, Arturo hablaría con Carmelo para formalizar la relación. Pero aquel asunto preocupaba al joven pescador. A fines de abril, decidió escribir sus ideas para asegurarse de llevar un mensaje claro y, así, conseguir el permiso para cortejar a Cecilia. Las repitió frente al espejo por varios días. Arturo conocía el carácter fuerte y explosivo de Carmelo, y le preocupaba la forma en que podría reaccionar ante su petición. Sabía que, cuando se le presentara la oportunidad, debería expresar sus puntos directamente, sin titubeo. Se aprendió las líneas que escribió y las practicó con Goyo. Comenzaba por dar las buenas noches con las manos entrelazadas, las soltaba, movía los brazos a los lados, se tocaba la cabeza, miraba hacia abajo, paraba de hablar y se quedaba ahí atontado, sin recordar su próxima línea.

—Tienes que controlar esos nervios. No se entiende lo que dices —comentó Goyo al ver el nerviosismo de su amigo.

—Esto es casi como ir a la guerra, pero tengo que hacerlo. Se lo prometí a Ceci —aseguró Arturo mientras releía su escrito.

—Es práctica. Apréndetelo como un bolero, como si fuera la música de Don Felo —argumentó Goyo—. Yo estoy practicando la canción *Desde que te fuiste*, y verás que pronto la voy a cantar.

—Para ti es fácil —respondió, y siguió repitiendo sus líneas.

Arturo no quería fallarle a Cecilia, así que continuó con sus planes. Ensayó con su amigo por varios días. Quería lucir bien preparado para la ocasión. Aunque tenía la ropa de domingo en buen estado, prefirió comprar una camisa blanca y llevó sus zapatos de salir para reemplazar las suelas. Solo le faltaba conseguir un pantalón nuevo. Esperaba obtener el dinero con la venta de la pesca durante las próximas tardes.

Cecilia era la hija menor de la familia Amador. Se le conocía como una joven cariñosa, muy habladora y amante de sus estudios. Hablaba mucho cuando se ponía nerviosa, aunque también, hacía lo mismo si estaba contenta. Era una joven alta, atractiva y de abundante cabello negro. Sostenía una buena comunicación con su mamá, conversaban acerca de todo: los chismes del barrio, la tía Áurea que vivía en Río Piedras, las novias de Quique, las fiestas en la playa o del episodio de la novela radial *"Cuando quiere una mujer"*.

Con su padre todo era distinto. Carmelo la adoraba, pero era un hombre poco expresivo que no mostraba sus sentimientos. Sus conversaciones con él eran limitadas. Carmelo prefería hablar de negocios, de las mejoras a la ferretería, los caballos que tenía para la venta y de sus temas preferidos: la masonería y la política del país. Eran asuntos que la hija escuchaba sin prestarles demasiada atención. Juanita, la madre de Cecilia, tuvo su primer hijo, Quique, cuatro años antes que a ella. Después de parir su primogénito, sufrió un aborto y, más tarde, dio a luz a la pequeña Cecilia. La señora era una mujer trabajadora que se encargaba de todos los quehaceres de la casa. Además de enseñarle a planchar y coser a máquina, pulió a su hija en el arte complejo de tejer. Disfrutaba charlar con Cecilia y le encantaba peinarla todas las noches antes de acostarse. En el barrio, todos la conocían por ser una mujer de gran sensibilidad, de mucha ternura y exageradamente comunicativa, a la que le gustaba estar informada de todo lo que pasa en el barrio, incluyendo temas que no le incumbían. También era una excelente observadora de todo cuanto sucedía a su alrededor. Sin mucho esfuerzo, se dio cuenta de que los muchachos se gustaban. Notó las continuas visitas de Arturo a la casa sin excusa alguna, y luego tanto los arreglos como los detalles que preparaba Cecilia cada vez que él llegaba. Veía cómo ella corría a peinarse, se cambiaba de vestido y se colocaba unas elegantes cintas en el cabello. Las miradas, las sonrisas y las señas que se hacían evidenciaban que algo ocurría entre ellos. Una noche, luego de que su esposo se acostó, Juanita fue al cuarto de su hija, que estaba contiguo al suyo. Quería peinarla y conversar con ella. La habitación pequeña estaba iluminada por una bombilla que producía una opaca luz amarillenta. Había una mesita de noche junto a la cama de pilares, y, cerca de la puerta, estaba la coqueta con un taburete; al otro lado, un ropero, también de madera muy oscura, de una sola puerta. El cuarto tenía una ventana que daba hacia el camino principal. La mamá aprovechó la oportunidad para preguntarle por Arturo y conocer qué existía entre ellos.

—Ceci, me he fijado que te pones muy sonriente cada vez que viene Arturo a la casa. ¿Qué hay entre tú y el hijo de María? —preguntó Juanita mientras peinaba a su hija.

Cecilia se sonrojó, miró a su mamá a través del espejo de la coqueta, dio media vuelta y la tomó por las manos. Temblaba, pero decidió ser sincera con su madre.

—¡Lo amo! Me encanta, tiene unos ojos bellos, en ocasiones verdes y en otras grises, según la hora del día. Siempre está pendiente de mí. Hemos hablado, nos entendemos, le gusta escucharme y no lo puedo sacar de mi mente.

—Tú lo quieres, ¿verdad?

—Sí, nos amamos y queremos estar juntos.

La joven le expresó todo lo que sentía por el pescador; incluso le habló de los planes futuros que habían discutido. Le contó lo del negocio de la pescadería y del trabajo que Arturo tenía pendiente con su padre.

—Mamá, Arturo vendrá a casa y le pedirá permiso a papá para visitarme. Lo hemos hablado y acordamos que lo hará para fines de mayo. ¿Que tú crees? ¿Dirá papá que sí? —preguntó Cecilia con el rostro radiante de alegría.

Juanita escuchó las palabras de su hija sin hacer comentarios. La idea de Arturo visitarla le preocupó, y pensó que podría desagradarle a su esposo. Se limitó a decir:

—Tienen que tomar las cosas con calma, no se pueden apresurar. Ustedes son bien jóvenes. Todavía no saben lo que la vida les pueda traer.

De inmediato, extendió sus brazos sobre Cecilia y le dio un beso en la frente mientras pensaba en la complejidad de la visita que se acercaba. Cecilia se sintió feliz porque pudo contarle a su mamá del amor que sentía por el joven. Solo quería que amaneciera para compartir con Arturo los detalles de aquella conversación.

Carmelo era un hombre grueso de mediana estatura, de escaso pelo blanco y con una nariz prominente; un hombre seguro de sí mismo, con un hablar fuerte, y amante de los negocios. Era dueño de una pequeña ferretería, localizada en el sector Bajura, a solo pasos de la playa del Peñón Amador. La estableció en la parte baja de su residencia; era independiente de la casa principal. Además, cerca de su hogar tenía una finca de cinco cuerdas en la que criaba ganado y cuidaba a sus caballos. Junto a su hijo Quique, atendía la ferretería, donde ofrecía una diversidad de productos para los residentes del barrio. Vendía azadones, machetes, herraduras para caballos, sogas, madera, tubos para bicicletas, tabaco y otros artículos de alta demanda. Ahí también tenían una sección, bastante amplia, dedicada a materiales relacionados con la pesca. Para fomentar las ventas, permitía a los pescadores comprar a crédito y les ofrecía la alternativa de pagar con el producto de su pesca. Ellos revendían la mercancía a los vecinos y a otros comercios. Era un trueque al que Carmelo llamaba "El mejor fia'o del pueblo". La mayoría de los pescadores compraban a crédito; entre ellos, Julio, el padre de Arturo. Carmelo agregaba en cada compra a crédito un porcentaje para cubrir el retraso en el pago. No les comunicaba a los compradores ningún detalle del cobro de interés, pero siempre se aseguraba de incluir el dinero extra en el total de la compra. Mantenía una libreta en la que registraba el nombre de cada uno de los clientes, las fechas de sus compras y el total de lo que tomaban a crédito. A pesar de ser un comerciante activo, nunca aprendió a conducir un automóvil. Utilizaba los servicios de Jacinto, el chofer de carro público, para cumplir con sus gestiones. Solo tenía por vicio fumar un cigarro en el balcón de la casa después de cenar.

Por su parte, Quique, el hermano mayor de Cecilia, era un joven extrovertido, delgado y alto, con cara bonita y ojos marrones. Desde la infancia fue amante de los caballos. Terminó el cuarto año de la escuela superior en Arecibo, pero decidió no estudiar en la universidad. Prefería quedarse con su padre para trabajar en el negocio. Le agradaba conversar con su hermana y disfrutaba hacerla reír. Mantenía una amistad cercana con Arturo y Goyo.

El acceso a la casa de Carmelo era por una escalera exterior que tenía un piso de losas criollas de patrón floral que combinaba el tono verde y amarillo con un fondo blanco. Arriba disponía de un amplio balcón, con vista hacia la playa del Peñón Amador. Desde ahí se podía observar a los pescadores, las yolas, el oleaje, y sentir la brisa del mar con sabor a salitre. También, era fácil contemplar el peñón y ver las golondrinas en su vuelo cerca de la gran roca. Entre los meses de diciembre a abril, surgía la oportunidad de disfrutar el espectáculo natural de las ballenas jorobadas. Emigraban desde las aguas frías en el norte del Océano Atlántico a las cálidas de Puerto Rico para reproducirse. En algunas ocasiones, se lograba apreciar el momento en que los machos trataban de atraer la atención de las hembras con sus saltos y cantos. Cecilia y Arturo, a escondidas de Carmelo, tuvieron la fortuna de disfrutar aquellos avistamientos de las ballenas y soñaban con poder estar abrazados en aquel balcón sin tener que ocultarse.

Al llegar mayo, Cecilia finalizó sus clases y se graduó de la escuela superior. Tal como planificaron, era el momento perfecto de solicitar el permiso para visitarla. A petición de su hija, Juanita alertó a Carmelo de la visita de Arturo y de sus intenciones. En la mente del padre, todo estaba claro: quería lo mejor para su niña, y los estudios universitarios debían ser su prioridad. Entendía que, en aquel momento, no podía permitirle ninguna distracción y, a su juicio, Arturo no representaba el hombre correcto que le correspondía a ella. Desde aquel instante, Carmelo concibió su plan para alejar al pescador de su hija.

El sábado, 29 de mayo, a las siete de la noche, Arturo llegó a casa de Carmelo. Subió a pasos lentos por la escalera exterior. A medida que pisaba cada una de las pequeñas losas, el zapato izquierdo le apretaba el dedo gordo del pie. Parecía que el zapatero cosió la nueva suela un poco más adentro y terminó restringiéndole el espacio al calzado. Vestía una camisa blanca y pantalón negro, ambos bien planchados. Su madre, María, se encargó con esmero, de prepararle la ropa. A pesar de la brisa que sentía, el joven sudaba copiosamente y la humedad le manchó la camisa. Asustado, se detuvo al llegar al balcón. La voz de Carmelo, quien estaba sentado en la mecedora, lo hizo reaccionar. El hombre había estado esperando por un buen rato. Junto a él, en el suelo, había una botella de ron blanco y la taza metálica en la que solía servirse sus tragos.

—No te quedes ahí parado. Sube, Arturo —ordenó Carmelo mientras fumaba uno de los cigarros que había preparado él mismo.

—Buenas noches, don Carmelo —respondió Arturo con voz nerviosa, escondiendo las manos dentro de los bolsillos del pantalón.

—Siéntate. Mi mujer me dijo que necesitabas hablar conmigo. ¿De qué se trata?

Arturo se acomodó en la silla y respiró profundo. Disimuladamente, secó sus manos en su pantalón, pero de repente se dio cuenta de que se le había olvidado todo lo que debía decir.

—Sí, yo quería, este... Yo quería decirle que Cecilia y yo... —dijo Arturo con voz baja y carraspeó un par de veces antes de continuar—, bueno, hemos hablado y… Entonces, yo pienso que ella es una muchacha muy buena y lo que quiero decir, mejor dicho, lo que quisiera pedir es su permiso para yo poder visitarla —argumentó Arturo con voz temblorosa, empapado de sudor y con un nudo en el estómago.

El padre de Cecilia, con el cigarro en la boca, se levantó apoyándose en los brazos de la mecedora y, al soltarlos, el respaldo golpeó con fuerza a la pared. Carmelo no permitió que el joven hablara más. Lo agarró por el brazo y le advirtió, enfurecido:

—Ven conmigo, jovencito. Tú y yo tenemos que hablar cinco minutos, de hombre a hombre.

Haló al joven y lo levantó de la silla. No lo soltó hasta que llegó al final del balcón. Se quitó el cigarro de la boca, escupió por la baranda del balcón y ordenó con coraje: "Vamos al patio". Bajó a toda velocidad las escaleras. Arturo lo seguía cabizbajo, en silencio. No sabía si temblaba del frío o del miedo. Llegaron a la parte trasera de la ferretería, un área oscura donde solo se escuchaban los cantos de los coquíes y el oleaje del mar. Carmelo fumaba y Arturo, pálido como un ánima, se detuvo junto a él. Ahí, solo se escuchó una voz clara y amenazante que no permitió interrupciones. Él tomó su decisión la misma noche que su esposa, Juanita, le habló de la visita. Carmelo plantó su mano izquierda sobre el hombro de Arturo, clavó su mirada rabiosa en los ojos inexpertos del joven asustado y le advirtió:

—Quiero que te quede bien claro, te prohíbo que vengas a esta casa. Aquí no se te ha perdido nada. Olvídate de esos cuentos con los que pretendes engatusar a mi hija. Ella no tiene edad para recibir visitas de nadie. Tú eres un pobre pescador sin futuro. Si intentas acercarte a mi niña de nuevo, tendrás problemas conmigo.

El muchacho solo temblaba del miedo. No podía entender por qué Carmelo reaccionaba de aquella forma. Se sintió amenazado por aquella mirada penetrante y la presión que ejercía la mano en su hombro. Trató de expresarse, pero solo le salió un balbuceo ante la voz intimidante del papá de Cecilia.

—Cállate, cállate. No tienes que decir nada. Espero que me hayas entendido. Vete, y no vuelvas por aquí —manifestó Carmelo con un tono agresivo.

Arturo lo miró con ojos incrédulos y no dijo nada. Caminó rápido, casi tambaleando, para salir de inmediato fuera de aquel lugar. Su camisa quedó como una red de pesca recién sacada del mar. Vapores de salitre saturaban sus poros. En ese momento, se le metió al cuerpo el miedo de las noches en el mar y se le escaparon las lágrimas. No comprendía la reacción de Carmelo. Siempre lo trató con respeto, sobre todo porque sostenía una buena relación con Julio, su padre. Apenas le permitió decir unas escasas palabras, sin darle la oportunidad de explicar su amor. Quería olvidar aquella amenaza junto con todo lo que acababa de acontecer. Caminó hacia la playa, se quitó el zapato que tanto le apretaba y lo lanzó al mar. Gritó desgarradamente el nombre de Cecilia, pero el viento playero ahogaba su voz. Se acercó a la yola de su papá. Buscó entre los arbustos de uvas playeras y encontró el litro de ron de la montaña que Julio acostumbraba a llevarse con él para la pesca nocturna. Prendió fuego a un montón de hojas secas para alumbrarse un poco, y bebió un par de sorbos mientras pensaba en la hermosa Cecilia y en cómo poder volver a verla. A la misma vez, visualizó su vida sin ella, sin su amor por causa del padre que se oponía a la relación. Sentía que todos sus sueños se hundían al fondo del mar. Consideró a Carmelo un viejo amargado que no entendió sus intenciones y no lo dejó expresarse como a él le hubiese gustado. Buscaba alternativas, pero sin lograr encontrar alguna para recuperarse de aquella situación.

Tan pronto Arturo se marchó, Carmelo apagó su cigarro y subió por la escalera, entró a la sala y llamó a Cecilia. No mencionó nada de la conversación que sostuvo unos minutos antes con el joven pescador. Se limitó a informar de los arreglos que coordinó con su hermana Áurea, quien vivía en Río Piedras.

—Prepara una maleta, que mañana temprano viene Jacinto a recogerte para llevarte a casa de Áurea. No tienes permiso para hablar con Arturo. Pasarás el verano con tu tía —explicó Carmelo con un tono severo y autoritario.

Cecilia trató de hablar, pero él levantó la voz, interrumpiéndola para ordenarle a su esposa que le ayudara a preparar la maleta. Antes de dar por terminada la conversación, clarificó que Jacinto llegaría a las ocho de la mañana. Regresó a la mecedora en el balcón. A lo lejos, en la playa, notó una pequeña fogata, pero no le dio importancia. Pensó que debía ser uno de los pescadores preparándose para salir a la mar. Prendió otra vez su aromático tabaco y se sirvió un poco de ron en la taza metálica. Aún destilaba coraje por la desafortunada visita de Arturo. Era consciente de que debería tomar otras medidas para evitar que el muchacho se acercara a su niñita. Se habló en voz baja: "Que se habrá creído este muchacho pendejo. Sí, que se va a llevar a la nena para vivir de nosotros. ¡Qué infeliz! Eso no va a pasar".

Cecilia no contradijo a su papá; esa era la norma a seguir en su hogar. Lo que Carmelo decía, se tenía que hacer sin cuestionarlo. La misma Juanita lo repetía a menudo: "Sabes cómo es Melo, no se puede estar en contra de lo que él dice". Hubo lágrimas toda la noche, eran sollozos ahogados que Cecilia no podía controlar. Pensaba en Arturo y en cómo podría volver junto a él. Juanita trató de consolarla, pero la jovencita no quería escuchar a nadie. Solo deseaba estar sola. En ese momento, se le ocurrió la idea de enviarle una carta a su pretendiente. Buscó papel y un bolígrafo; escribió por horas hasta llenar tres papeles por ambos lados. El sueño parecía dominarla, pero en su mente retumbaban las órdenes del padre y su frustración al no poder cambiarlas. El sonido del viento le hizo recordar los momentos que vivió con Arturo en la playa: las caminatas con las manos entrelazadas, los planes que hicieron frente al peñón y los juegos con las olas a la orilla del mar. Se quedó dormida aguantando la carta entre sus manos. Tan pronto Juanita salió del cuarto de su hija, fue hasta el balcón para hablar con Carmelo. Quería dejarle saber que no estaba de acuerdo con el comportamiento que mostró con el hijo de María.

—Melo, yo creo que fuiste muy fuerte con Arturo. Tu voz se escuchó por toda la casa. Ese muchacho no se merece ese trato, ni tu hija.

—Juana, ya está hecho y no quiero discutir el asunto. Ceci sale mañana para Río Piedras, y no hay que darle más explicaciones a nadie.

—Sí. ¡Como tú explicas tanto tus decisiones! Ya te entendí… Me voy a la cama —dijo Juanita. Se santiguó y se marchó a su habitación a rezar tres padrenuestros.

Cecilia fue la primera en despertar. Eran las seis de la mañana y todo seguía oscuro. Sentía dolor de cabeza y sus ojos estaban hinchados, pero nada de eso le importó. Necesitaba ver a su madre a solas para entregarle la carta que escribió. Llevó a cabo su rutina diaria como un sonámbulo. Se peinó el cabello, se puso un traje blanco con el cuello tejido al crochet y preparó la maleta. Encontró a Juanita en la cocina mientras ella preparaba el café. Al verla, no pudo contener el llanto, se acercó a ella y le entregó un sobre blanco que solo leía: "Para Arturo". Le rogó que le hiciera llegar su carta sin decirle nada a Carmelo.

—Mamá, ¡por favor, ayúdame! Tú me entiendes. Necesito que Arturo reciba esta carta. Quiero que sepa de mí, avisarle que me voy a Río Piedras, pero que lo sigo amando. Te lo ruego, no dejes que papá se entere de lo que escribí —suplicó Cecilia con el rostro húmedo y enrojecido.

Juanita abrazó a la muchacha con ternura y la besó en la frente.

—Todo va a salir bien, sabes que te amamos —comentó Juanita con la carta en sus manos.

Cecilia mostró una sonrisa a medias y corrió al balcón. Buscaba con la mirada la figura de su amado en la playa. Albergaba la esperanza de que, por casualidad, Arturo anduviera por allí. Sin embargo todo estaba desierto, la mar en calma y los tímidos rayos del sol se escondían tras las nubes oscuras de un cielo gris. Entristecida, la joven regresó a su cuarto a finalizar los preparativos para el viaje. Juanita fue a la sala y se acercó a la mesa en el centro del cuarto. Tomó el rosario que estaba sobre la Biblia, lo apretó, cerró los ojos por unos minutos y murmuró unas palabras. Guardó la carta de Cecilia dentro de las Sagradas Escrituras y volvió a colocar el rosario encima del libro. Minutos más tarde, se escuchó el sonido del claxon de un carro frente a la casa. Era Jacinto, que llegaba a buscar a su pasajero. El chofer era un hombre de mediana edad, no muy alto, colorado como un camarón, cojo de la pierna izquierda y buen amigo de Carmelo. Su auto era una guagua Plymouth de 1929, negra, con una franja de color madera. Tenía dos filas de asientos y espacio de carga. Jacinto trabajaba de lunes a sábado y cubría la ruta de los barrios de Membrillo y Yeguada. Por las tardes, cargaba agua para varios vecinos. Además, le ofrecía sus servicios a la familia Amador cuando se lo requerían. El eco de aquella bocina le anunciaba a Cecilia su partida llena de sufrimiento y ansiedad. Carmelo esperaba por su hija parado en el balcón. Ella se acercó sin decir palabra alguna, soltó la maleta, abrazó fuerte a su padre mientras seguía su llanto.

—Hija, esto es por tu bien. Ve con Dios —dijo Carmelo.

La joven no podía hablar. La respiración se le dificultaba y apretaba los labios para no gritar. Se fundió en un abrazo con su madre y, en cuanto la soltó, bajó rápido las escaleras. Juanita no pudo soportar aquella escena y rompió en llanto. Cecilia miraba por el cristal trasero del carro mientras se alejaba de la casa. Carmelo vio partir el auto y, sin un adiós, se dirigió a la ferretería.

—Juana, tranquilízate. Todo va a estar bien. Sabes que va a casa de mi hermana.

Juanita seguía llorando desconsolada. Con la mirada triste, se despidió de su hija con un tímido ademán de la mano.

Eran un poco más de las ocho, y el sol ya comenzaba a calentar. Arturo despertó tirado en la embarcación de su padre, se estiró y sintió un fuerte dolor de cabeza. El olor a alcohol estaba impregnado en su estrujada camisa blanca. Le extrañó ver pasar el carro público de Jacinto un domingo en la mañana. Él sabía que Jacinto solo trabajaba de lunes a sábado. Miró hacia el balcón de la casa de Cecilia, pero no había nadie. Caminó descalzo por la orilla de la playa para regresar a su hogar. Sintió una corriente de aire densa que levantaba la arena y recordó que su padre llamaba a ese tipo de brisa "el viento de agua". Llegó a la casa, se tiró en el catre y durmió todo el día. Cuando despertó, apretaba la lluvia y las gotas al caer sobre el techo de zinc; sonaban como lágrimas densas que caían desde un cielo agobiado. No eran notas de felicidad; al contrario, producían una música desconsolada, llena de angustia. Volvió a dormir.

Un par de días más tarde, se enteró, a través de su madre, que Cecilia se había marchado a Río Piedras. Juanita le había contado a María que su hija había decidido pasar el verano en casa de Áurea, la hermana de Carmelo, que vivía en Río Piedras. Le explicó que, de esa forma, ella podría conocer la ciudad universitaria, ya que Cecilia comenzaría a formarse como maestra en la Universidad de Puerto Rico en agosto. Sin embargo, aquella explicación no convenció a María, y le habló de la tristeza de su hijo desde la partida de Cecilia.

—Mira, Juanita, perdóname, pero te lo tengo que decir… Arturo está muy triste, no esperaba que Cecilia se fuera sin hablar con él. Además, don Carmelo lo trató mal. Él me lo contó todo.

—María, ella va a regresar. Los muchachos son jóvenes. Deja que el tiempo pase —dijo Juanita, y le guiñó el ojo a la mujer.

El miércoles, tres días después de la partida de Cecilia, Goyo visitó la casa de su amigo Arturo. Estaba preocupado porque no lo había vuelto a ver en la playa. Lo encontró sin camisa, cabizbajo, sentado en un banco de madera que estaba en la parte trasera del hogar. Hablaron por horas. Arturo, con lágrimas en su rostro, se desahogó con su amigo y compartió los tristes sucesos de la noche del sábado. Él estaba seguro de que el viaje de Cecilia a Río Piedras fue impuesto por don Carmelo para evitar que ellos permanecieran juntos.

—¡Ese viejo es malo! Se cree que solo porque uno es pobre no tiene derecho a enamorarse y ser feliz, pero eso no es así —reclamó Arturo con los ojos enrojecidos.

Goyo no quería verlo triste; buscaba alternativas para distraerlo. Le habló de las ideas del negocio que planificaban crear, de las lluvias de mayo, de las corrientes en la playa, de la pesca del dorado y hasta de la madera que necesitaba para hacer una embarcación, pero nada lograba cambiar el ánimo de Arturo. Fue entonces que recordó parte de la letra de una canción y se la compartió.

—No te sientas triste, esa nube oscura pronto se irá y volverás a ver el cielo azul. El sol va a volver a brillar para ti —cantó Goyo—. Lo que dice la canción es cierto, ¿lo entendiste?

—Sí —respondió Arturo con una media sonrisa.

Los días del verano de 1937 pasaron muy lentos; las lluvias mermaron y el mar volvió a recuperar la calma que había tenido durante abril. Arturo decidió continuar con la pesca en lo que conseguía algún otro trabajo. Había visitado varios comercios en el pueblo de Camuy, así como la plaza del mercado y la alcaldía, en busca de empleo, pero no logró encontrar ninguna oportunidad. Mientras tanto, de lunes a sábado, si el mar se lo permitía, salía temprano junto a su padre desde la playa del Peñón Amador. Iban en busca de una buena mancha de peces. Regresaban antes del mediodía para poder vender su mercancía a los clientes que buscaban pescado fresco en la playa. La embarcación no era muy grande. Tenía un casco semiredondo, en forma de una V, para lograr un mejor desplazamiento en el agua. Arturo y su papá la repararon con una madera que encontraron en el monte. La pintaron de blanco con el borde superior azul claro. La yola carecía de cubierta, era ligera y, con unos buenos remos, planeaba sobre las olas. La llamaron la Dulce María en honor a la mamá de Arturo, aunque el nombre no estaba aún pintado en el casco. María era una mujer sencilla, trabajadora, que ofrecía servicios de limpieza en las casas de algunas señoras del vecindario. Hacía más de diez años que la mamá de Arturo trabajaba en la casa de Juanita. Lavaba ropa y la devolvía planchada; Arturo, por su parte, le ayudaba con las entregas. María disfrutaba de complacer a su familia. Siempre estaba de buen humor. Tenía la piel oscura y era de mediana estatura, con un caminar de pasos cortos, pero seguros. Le gustaba llevar el cabello rizado en un moño y le encantaba cantar. Al igual que su esposo, no sabía leer ni escribir.

Ella era la primera en levantarse. Bajaba al pequeño fogón que estaba detrás de la casa y preparaba el café negro, sin azúcar. Luego, se paraba en la ventana de la cocina a disfrutar del amanecer: miraba el mar y veía el despertar de los primeros rayos del sol. El olor a salitre era su eterno acompañante. Aprovechaba el despertar del día para hacer una oración y persignarse. Entonaba una canción, mientras confeccionaba el desayuno con lo que había disponible: "Cuando las mujeres' quieren a los hombre', prenden cuatro velas y se las ponen por los rincones…". Luego, procedía a buscar el pescado que preparaba y guardaba con sal desde el día anterior para iniciar la elaboración del caldo. Esa era la bebida caliente que Julio prefería llevar con él cuando salía al mar. La cabeza del pescado era lo más importante, junto a las hojas de reca'o del monte, el ajo, la sal y un poco de agua; eran los componentes que le daban el sabor especial a su cocido. Cuando aún estaba hirviendo, lo servía en dos termos rojos para asegurarse de que se mantuviera caliente hasta cuando se lo fueran a tomar. Añadía un saco de bendiciones y pedía al Dios todopoderoso por el pronto y seguro regreso de su hijo y de su esposo. En ocasiones, mientras pedía a Dios por la salud de Julio, algunas lágrimas involuntarias se le resbalaban sobre el pecho. No podía faltar la rebanada de pan con mantequilla que acompañaba al caldo.

Julio y Arturo lo consideraban un manjar delicioso que les calentaba el estómago y les daba las fuerzas que necesitaban para completar la pesca del día. "Pan con mantequilla y la taza de caldo de María es el desayuno perfecto cuando la Dulce María está en el ancho mar", solía decir Julio mientras desayunaba.

Arturo tenía a su cargo los remos. Mantenía firme la yola al ritmo de cada braceada; la movía rápido y la llevaba a lugares más lejanos, donde conseguían mayor cantidad y variedad de peces. Julio ya rondaba los cincuenta y cuatro años. Era un hombre delgado, con la piel tostada y la nuca marcada de líneas. La vista a menudo le fallaba, y en las palmas de las manos se le observaban cicatrices causadas por el nilón al subir los pescados a la embarcación. Tenía múltiples condiciones de salud, pero no era amante de visitar al médico. "Lo importante es trabajar para poder comer, esa es la prioridad", decía Julio cada vez que le sugerían ir al doctor. Mientras su hijo movía los remos, aprovechaba para descansar y poder respirar mejor. Los rayos del sol brillante sobre el agua le molestaban la vista. Sentía que sus ojos ardían en fuego, pero era un hombre que jamás se quejaba de nada, ni siquiera de sus múltiples dolencias. El trabajo no era fácil, sin embargo, fue el único oficio que aprendió.

En la mente de Arturo, la pesca no era una faena; se convirtió en una rutina que lo distraía. Se concentraba en los remos, en tirar el hilo, sacar el anzuelo de la boca de los pescados y volver a remar. Del mismo modo, disfrutaba compartir con su padre. Reían, hablaban de política, y él escuchaba los cuentos de su padre sobre todos los peces que se le habían escapado de las manos. Para Arturo, la pesca era mucho más que atrapar peces. Se había convertido en la perfecta ocasión para recordar los momentos felices que vivió junto a Cecilia; el "sí" de ella en la escuela, sus caminatas en la playa, las miradas de amor, las veces que se tomaron de las manos y los abrazos fuertes cuando se despedían. Mientras remaba, su mente navegaba entre sus pensamientos como los peces voladores entre las olas, buscando ideas para verla nuevamente.

Gracias a la tranquilidad del mar, a la experiencia de Julio y a los brazos fuertes de Arturo, consiguieron unas cuantas semanas de abundante pesca. Las ventas aumentaron y obtuvieron una ganancia notable. El ingreso adicional le permitiría a Julio aportar un abono a la cuenta en la ferretería. Compraría alimentos para la casa y guardaría algo de dinero para cuando no hubiera. Durante los últimos meses, tuvo que comprar varios artículos a crédito. Fue la única forma de conseguir carretes, líneas, anzuelos, pesas, madera y materiales para mejorar la yola. Para reducir la deuda, llevó pescados a la ferretería en tres ocasiones. Carmelo aceptaba la mercancía a un precio menor al que regularmente Julio la vendía. Esas eran las condiciones del fiado. A pesar de sus entregas, Julio estaba consciente de que arrastraba con una deuda y no le gustaba la idea de tener que deberle a nadie.

Un viernes, después del almuerzo y de haber tomado una breve siesta, Julio tomó el sombrero, y caminó por el sendero arenoso bordeado de palmeras altas y repletas de cocos. Lo cobijaba un cielo azul lleno de nubes grisáceas. Quería llegar hasta la ferretería para saldar la cuenta. Antes de entrar al negocio, sintió un dolor en el pecho. Pensó que tal vez aquella molestia se debiera al calor del día.

—Buenas tardes, don Julio. Lo veo un poco pálido hoy. ¿Se siente bien? —comentó Quique al ver entrar al hombre a la ferretería.

—Muchacho, todo bien. Me duele un poco el pecho, pero son los años.

Luego de que Julio saludó a Carmelo y a su hijo, pidió el balance que tenía pendiente. En ese momento, tres clientes entraron al negocio. Como de costumbre, el dueño buscó la libreta en la que anotaba las ventas a crédito en el cajón del mostrador. Cotejó varias páginas hasta que llegó a la cuenta de Julio. Carmelo repasó los números y dijo:

—Julio, me debes $23.30

Julio frunció el ceño, bajó la vista y se rascó la cabeza. Parecía que buscaba información en su mente.

—Espérese, don Carmelo, creo que tiene un error en sus números. Le entregué pescados en tres ocasiones, y en la tercera dupliqué la cantidad de la vez anterior. Estoy seguro de que mi balance no pasa de $12 —argumentó Julio en tono molesto mientras arrugaba su frente.

—La libreta no miente. Entregaste solo dos veces y tienes una deuda de $23.30. Está todo aquí, cotéjalo —explicó Carmelo a la vez que tiraba la libreta contra el mostrador.

—El papel aguanta to' lo que se le ponga. Sabe que esos números no son correctos. La última vez que le traje pesca'os fue dos semanas atrás. Jacinto, el colora'o, estaba aquí y me vio.

El tono de la conversación aumentó, y la discusión se tornó tensa. Los otros clientes se dieron cuenta del intercambio entre Julio y Carmelo. Los dos hombres estaban pegados al mostrador mientras cada uno presentaba su argumento. Carmelo apretaba los dientes; en varias ocasiones lanzó la libreta, habló de las malas pagas, de los que se querían aprovechar de él y manoteaba en el aire para exigir el pago de la deuda. Aunque Julio era de tez oscura, se podía notar cómo la sangre se le concentraba en la cara y en las orejas. Lucía muy molesto, y el tono de su voz lo confirmaba. Sentía las manos y los brazos tensos, pegados a su cuerpo. Inclinó la cabeza hacia adelante, manteniendo el ceño fruncido y las cejas juntas hacia abajo. Sostuvo su mirada fija sobre Carmelo. Mientras discutía, sintió un sudor frío, junto a una sensación de mareo y una presión en el pecho que no le permitía respirar bien. No pudo decir ni una palabra más. Apretó los labios, tiró $12 al mostrador, miró con coraje a Carmelo y salió hecho una furia de la ferretería. No alcanzó a caminar diez pasos cuando su cuerpo se desplomó sobre la arena caliente del camino.

La tía Áurea recibió a Cecilia en su casa con el mejor deseo de ayudar a la joven. Áurea y su esposo Luis Felipe Montes de Oca vivían en una de las nuevas construcciones de cemento que se establecieron cerca de la Universidad de Puerto Rico en Río Piedras.

Compraron la vivienda con el dinero que Pedro, el papá de Luis Felipe, les obsequió cuando se casaron. El suegro era un reconocido comerciante de San Juan que se ocupaba con generosidad de toda su familia. Mientras Áurea estudiaba Pedagogía en la universidad, tomó clases con el joven profesor Montes de Oca. El amor los inundó tan pronto se conocieron, y un año más tarde se casaron. La casa, aunque pequeña en sus dimensiones, era de dos plantas con tres cuartos. Cecilia se instaló en una de las habitaciones pensando que su estadía en aquel lugar sería corta. Sin embargo, pronto descubrió que permanecería ahí por un largo periodo. No podía dejar de pensar en Arturo; durante aquellas primeras noches, una ola de sollozos se escuchaba día y noche en toda la casa. En la madrugada, el sonido de su llanto traspasaba las paredes de la vivienda. Áurea y Luis Felipe lamentaban el dolor de la jovencita. Luis Felipe, un hombre muy serio y distinguido, sugirió a su esposa que llevara a Cecilia de paseo por Río Piedras; sería una forma de distraer su mente. Áurea empezó a coordinar las caminatas por la ciudad universitaria con la sobrina, y pronto se convirtieron en una rutina de tertulias y risas. Visitaban el centro de la ciudad para comprar víveres, artículos para el hogar y ver las nuevas modas de vestidos en las tiendas. En una de esas ocasiones, Áurea le regaló un traje de un hermoso color amarillo. Aquellos momentos lograron que Cecilia se sintiera a gusto en la casa de sus tíos y, a su vez, desarrolló una buena amistad con el profesor Montes de Oca, quien le permitía leer los libros de su biblioteca. A mediados de julio, recibieron la visita de Carmelo y Juanita. La muchacha se alegró de ver a su mamá; la abrazó, la besó y le contó de los recorridos que hacía por la universidad, guiada por su tía. Con Carmelo todo fue distinto; se limitó a pedirle la bendición. Tan pronto pudo, buscó la oportunidad de estar a solas con su madre. La llevó a su cuarto, cerró la puerta, se sentaron en la cama y de inmediato le preguntó por el joven pescador.

—Mamá, ¿sabes algo de Arturo? ¿Lo has visto? ¿Le diste mi carta?

—No lo he vuelto ver. Dejó de ir por casa. No preguntes por él, tu padre sigue molesto con ese tema —comentó Juanita sin mirar hacía su hija.

—Pero ¿le diste mi carta?

—No. Ya te dije que no lo he visto desde aquella noche que fue a casa. Pero le comenté a María de tu estadía en Río Piedras, y seguro que ella se lo contó a su hijo. Yo creo que es mejor que te olvides de ese muchacho. ¡Sácalo de tu cabeza! Ceci, tú puedes encontrar algo mejor para ti. Piénsalo.

— ¿Por qué?

—Despierta, hija mía. Tienes que darte cuenta: él es de otra raza, de otro nivel económico, de otra cultura. No está a tu altura. ¿Quieres que te dé más razones?

—Mamá, tú sabes que yo lo quiero… —replicó Cecilia llorosa.

—Cecilia, escúchame. Entiéndelo, hay momentos en que no tenemos ningún control de las cosas que pasan en nuestra vida. Solo ocurren, y no hay forma de cambiarlas. Pero tú eres joven y tienes un mundo delante de ti. ¡Aprovéchalo! Tus estudios son lo importante. Más tarde decides quién es el hombre que te conviene.

Áurea y Carmelo subieron al segundo piso de la casa, llegaron frente al cuarto de Cecilia y escucharon las últimas palabras de Juanita. Carmelo tocó en la puerta, la abrió y entró a la habitación. Cecilia se asustó y apretó el brazo de su madre.

—Cecilia, le dejé dinero a tu tía para cubrir tus gastos. Tu madre y yo vendremos a verte todos los meses. Lo importante es que te enfoques en tus estudios. Áurea me ha dicho que no es problema que te quedes con ellos. Aquí tienes tranquilidad, nadie te molestará y estarás segura —explicó Carmelo en un tono autoritario.

La joven no contestó, bajó la cabeza y esperó que su padre abandonara la habitación. Aquellas directrices la hicieron sentir aislada y entristecida. No pudo volver a hablar con su mamá. Unas horas más tarde, sus padres se marcharon sin ofrecer más explicaciones sobre lo que decidieron para su futuro. Tan pronto se fueron, Cecilia corrió al cuarto y se tiró en la cama. Solo quería llorar y pensar en su amor perdido. Áurea se acercó a la joven, y le dijo en un susurro: "No llores, todo va a estar bien. Puedes estar tranquila, nosotros te vamos a ayudar".

Arturo, al igual que Cecilia, no aceptaba aquella separación forzada que Carmelo maquinó para alejarlo de su hija. La felicidad se había esfumado de su rostro. Durante los últimos dos meses, trabajó en la pesca junto a su padre. Su mente inquieta no paraba de buscar cómo reencontrarse con su amada. Al principio, no estaba seguro de lo que podría hacer, pero ya no soportaba estar lejos de ella. La misma tarde de aquel viernes que Julio, su padre, salió para la ferretería a pagar la deuda, Arturo compartió con Goyo los planes que tenía para llegar a Río Piedras y buscar a Cecilia. Mientras caminaban en dirección al pueblo por el camino de arena, el joven explicó su idea. Pensaba pedirle a Jacinto que lo llevara, dado que él condujo hasta la casa de la tía Áurea y conocía la ruta. Aunque consideró la alternativa del tren, la descartó porque nunca había salido de Camuy, no sabía dónde estaba la universidad y menos la residencia donde vivía Cecilia. Acompañó a Goyo hasta El Polvorín, un humilde colmado con dos puertas de entrada. El dueño, Eliezer Hernández, a quien todos en el barrio llamaban "el Negro", tenía una radio en la tablilla de la pared lateral. Gracias a ese aparato, se lograba escuchar música dentro del negocio. El lugar era pequeño, solo cabían apenas cuatro o cinco personas. Sobre el mostrador, construido en capá blanco, una madera del país muy abundante en la zona de Camuy, tenía una balanza de pesas de dos platillos. Con ella calculaba el precio de la cebolla, el bacalao, las habichuelas y las demás provisiones que despachaba. Detrás del mostrador, se veían las tablillas repletas de mercancía; sobre todo, de cervezas y canecas de ron. Un tango sonaba en la radio. Comenzaba el fin de semana, pero no había nadie en el local.

—¡Esto está más muerto que un cementerio! ¿Por qué no seguimos para el pueblo? —sugirió Goyo, apuntando con el dedo índice hacia fuera del local.

—Tú lo que quieres es ir a la tienda de Agapito. La hermana del dueño, Ela, esa te tiene embrujado. Déjame pedir dos cervezas y lo seguimos.

Arturo ordenó las cervezas, y en eso llegó Quique Amador montado en su caballo alazán.

—Arturo, tu papá se puso malo y doña María quiere que vuelvas a la casa. Ven conmigo que yo te llevo —gritó sin bajarse del caballo.

Durante el trayecto a casa de don Julio, Quique le explicó lo que ocurrió en la ferretería. Le contó cómo había visto a su padre cuando llegó al negocio: pálido y con dolor en el pecho.

Los vecinos que estaban cerca de la ferretería, junto a Quique y Carmelo, habían recogido del piso a Julio y lo colocaron en una hamaca para cargarlo hasta su casa. Quique los acompañó. María, que estaba en el patio, se asustó al ver un grupo nutrido de personas que se acercaban. De inmediato, se dio cuenta de que algo andaba mal. Todos venían en silencio con paso ligero y dos de ellos cargaban a su marido en una hamaca.

—¿Qué sucedió? ¿Qué le pasó a Julio? —gritó mientras lo subían a la casa.

—Se desmayó al salir de la ferretería —comentó Quique—. Puede que haya sido el calor. Pero, cuando llegó, me dijo que le dolía el pecho.

Colocaron a Julio en la cama y notaron que su respiración era débil. El hombre abrió los ojos, tratando de buscar aire, los cerró, y nunca más los volvió a abrir. María temblaba, y en su mente buscaba alternativas para ayudar a su esposo, sin darse cuenta de la realidad. Pidió que llamaran a Panchita, la vecina, que poseía el don de santiguar, para que le preparara un remedio con el que pudiera aliviar las dolencias de su marido. Panchita no tenía estudios en medicina; solo cursó hasta el tercer grado. Su sabiduría era reconocida en el barrio, tanto por sus conocimientos sobre las plantas medicinales como por sus creencias espirituales. Sabía tratar dolores de barriga, empaches, molestias de espaldas y otras afecciones de salud. En cuanto se percató de la gravedad de Julio, doña María también pidió que alguno de los presentes buscara a Arturo. Quique se ofreció a buscarlo, pues era el único que andaba a caballo y podría traerlo lo antes posible.

La pequeña casa estaba repleta de gente; los hombres en el patio, y las mujeres en la sala y en la cocina. El mobiliario era escaso: una mesa cuadrada con tres sillas, una lata de leche Klim con rosas blancas que reposaba sobre la mesa, un catre con una caja de cartón debajo, una cama y una mecedora. A María le gustaba adornar la casa con flores, y aquel día había cortado cuatro rosas blancas. Todo sucedió bien rápido, como la ráfaga de un huracán que entra impetuosa por la ventana. La esposa no aceptaba la posible partida de Julio y no podía despegarse de él. Le acarició el rostro y apretó sus manos, murmurándole palabras de cariño. Tan pronto Panchita llegó, examinó el cuerpo del hombre y confirmó que había fallecido.

—Mujer, Julio se nos fue. No hay nadita que yo pueda hacer, solo nos queda rezar por el eterno descanso de su alma —dijo Panchita con la mano sobre el hombro de María.

Acto seguido comenzó una oración, mientras se escuchaba el llanto desconsolado de María. Quería despertar el cadáver; lo halaba con la esperanza de que le hablara. Se resistía a creer lo ocurrido.

—¿Por qué me pasa esto a mí? ¡Esto es una pesadilla! ¡Quiero volver a estar con Julio! —gritaba la viuda y abrazaba el cuerpo de su marido.

Algunas vecinas entraron al cuarto para ofrecerle palabras de consuelo. Trataban de calmar a la mujer y, aunque dejó de gritar, no quiso separarse de su compañero de tantos años.

—Dios, Todopoderoso, que vuestra misericordia se extienda sobre el alma que acabas de llamar... —rezó Panchita.

La muerte de Julio dejó sin brújula a Arturo. Estuvo unos días en silencio, tirado en el catre. Su madre no le insistió para que hiciera algo distinto. Ella también se enfrentaba a su duelo. Seguía confundida y lloraba todos los días. Era como si cada uno hallara alivio en el silencio de la pequeña casa. Así estuvieron durante nueve días, mientras transcurrió el novenario. Panchita fue quien rezó el Santo Rosario por el difunto. Parada al lado de la mesa del comedor, comenzaba cada noche con la oración de ofrecimiento: "Ofrecemos el rezo de este Santo Rosario por el eterno descanso de Julio Santiago". Los misterios que cubrió variaron por día. Comenzó con los gozosos; luego, los dolorosos y los gloriosos. Volvió a repetirlos siguiendo la misma secuencia hasta llegar a la novena noche.

Al final de cada rezo, Goyo se encargó de repartir el ron entre los vecinos. Fue en la segunda noche que Carmelo Amador vino a dar el pésame y a traer una ayuda económica para la viuda. Su mujer se lo pidió porque sabía de los rumores que se contaban de la discusión entre el difunto y él. Sin embargo, Juanita, como católica fervorosa, participó de todos los rosarios y aprovechó las conversaciones con las vecinas para enterarse de lo que sucedía en el barrio. Además, consideraba a María como una buena amiga por todos los años que había trabajado en su casa. Tan pronto Arturo vio llegar a Carmelo al patio de la casa, avanzó adonde él.

—Usted no tiene na' que hacer aquí. Por su culpa papá murió. Se puede ir, no lo necesitamos. ¡No sea hipócrita! —gritó Arturo mientras apretaba sus puños.

Arturo había escuchado los rumores de la discusión que tuvo con su padre en la ferretería. Aunque no tenía claro todo lo que pasó, pensaba que Carmelo era el responsable por aquella muerte.

—Cálmate, muchacho. Cálmate. Solo quería darle el pésame a tu madre. Me gustaría…

—Ya le dije, se puede ir. No hace falta su pésame.

Al ver a su amigo hecho una furia, Goyo corrió y lo abrazó. Lo empujó a una esquina del patio y le rogó que se calmara.

—Escúchame, este no es el momento para discusiones. Tranquilízate. Después aclaras las cosas —Pidió Goyo.

—Que se vaya, no lo quiero ver aquí.

Carmelo dio unos pasos atrás y se quedó parado en la entrada del patio. Goyo se movió junto a Arturo dentro de la casa. Panchita comenzaba el rezo del rosario y las mujeres pedían silencio.

—Recemos ahora: "Por la señal de la Santa Cruz, de nuestros enemigos líbranos, Señor Dios nuestro. En el nombre del Padre, del Hijo y del Espíritu Santo. Amén" —proclamó Panchita y dio la señal para comenzar.

Cuando anunciaron el comienzo del quinto misterio, Carmelo decidió marcharse.

—El pan nuestro de cada día, dánoslo hoy… —comenzó Panchita el rosario de fe, esperanza y caridad.

Aquella noche, luego de que todos los vecinos se fueron, María, sentada en el catre junto a su hijo, lo observó detenidamente y le pareció que había envejecido. Su piel lucía pálida mientras sus ojos reflejaban la soledad que estaba viviendo. Se le veían cansados, ojerosos, y unas pequeñas arrugas se notaban alrededor de ellos.

—Mijo, tú sabes que nunca vamos a dejar de llorarlo, pero ahora tenemos que seguir con nuestras vidas. Escúchame, mañana tienes que ir a pescar.

—No quiero, no puedo —respondió Arturo en voz baja.

—Pero tú sabes que lo tienes que hacer. Yo voy a trabajar, a limpiar casas, lavar y planchar ropa. No hay otra cosa, hay que vivir y seguir adelante. Hay que hacerlo y no podemos rendirnos. Es lo que a Julio le gustaría.

—¿Y si ya no quiero vivir? Perdí al viejo y a Cecilia…

—¡Jesucristo! No pienses en esas cosas. Tienes que aceptar que tu padre se fue y ya no está aquí con nosotros.

Arturo no respondió. María se levantó para cerrar las ventanas de la casa. Al día siguiente, temprano en la mañana, lo obligó a levantarse y lo acompañó a la playa. Caminaron rumbo al Peñón Amador; ella llevaba en mano el termo rojo lleno de caldo caliente. Cuando pasaron frente a la casa de Carmelo, María le comentó a su hijo que, durante el último rosario, Juanita le rogó para que siguiera con la labor de lavado y planchado de ropa.

—Le dije que sí. Son muchos años los que llevo en esa casa. Necesitamos los chavos y ella se ha porta'o bien conmigo. Me dio un dinerito para ayudarnos.

Cuando llegaron al área de las yolas, se encontraron con Goyo, quien estaba listo para ayudar a su amigo en lo que fuera. La embarcación de Julio seguía pegada a los uveros. No hubo que hablar mucho, los dos sabían lo que había que hacer. Prepararon el equipo y salieron en busca de peces. María los vio alejarse…

Una vez concluido el verano, Cecilia comenzó estudios en la Escuela Normal de la Universidad de Puerto Rico. Ella no se enteró de la muerte del papá de Arturo. Carmelo le prohibió a Juanita comentarle a su hija sobre ese evento. El llanto en las noches desapareció, y en su lugar, utilizó ese tiempo para estudiar, leer e integrarse a la vida universitaria. Quería ser educadora, y por eso estudiaba en el mejor centro educativo del país, especializado en la formación de maestros. Durante sus primeros días, se dedicó a conocer los alrededores de la universidad, los edificios, los estudiantes y sus compañeros de clases. Todo era distinto para ella. Se dio cuenta del tamaño de Río Piedras y de la complejidad de la ciudad universitaria. Había obras de construcción por todas partes, y la mayoría eran edificaciones en cemento. Luis Felipe le contó sobre el proyecto de la Torre de la Universidad, cuya fachada contaba con cuatro pedestales que llevarían los emblemas de los principales colegios que formaban la institución en aquella época: Derecho, Educación, Farmacia y Artes/Ciencias.

Del mismo modo, su tío político le habló del Partido Nacionalista Puertorriqueño, del Movimiento de Liberación Nacional y de la lucha de Pedro Albizu Campos por obtener la independencia de la isla. Ella se interesó por el tema político, por lo que junto a Áurea y su tío participó en varias actividades del partido. Preparó cartelones y redactó boletines para varias de las protestas estudiantiles en contra de la administración autoritaria de la universidad. Sus acciones en la vida política, aunque limitadas, le permitieron expresar sus ideas. Así, aprendió a diferir de los puntos de vista de otros y a ganar confianza en ella misma. En las tardes, sentada en la pequeña sala de la casa, disfrutaba discutir los eventos sociales y políticos que ocurrían en el país con su tía; le gustaba expresar su opinión.

—Las mujeres debemos tener un rol más activo en la sociedad. Si se logró el derecho al voto, podemos aspirar a tener una mayor intervención —comentó Cecilia a la vez que hojeaba la revista de la Asociación de Mujeres Graduadas.

—¡Tenemos que seguir luchando! Nos queda un largo camino —afirmó Áurea.

—En estos días, leí acerca de Ana Roque, la escritora puertorriqueña que dedicó su vida a la lucha por el sufragio femenino. ¿Sabes que no contaron su voto en las pasadas elecciones, a pesar de que era la primera vez en que las mujeres de Puerto Rico podrían votar? Que irónico, luego de todo su esfuerzo por conseguir ese derecho.

—Sí, los muy idiotas le hicieron firmar una declaración jurada y luego invalidaron su voto.

—"Soy el eco del pasado que viene a despertar a la mujer del porvenir". ¿Conoces esa frase? Es de Ana. Me encanta, me identifico con su pensamiento.

—Ceci, si estás interesada en este tema, tienes que leer acerca de la educación para la mujer según Hostos. Creo que el libro se llama *La educación científica de la mujer* o algo parecido. Habla con Luis, que él tiene el libro. Te va a gustar.

—¡Tío Luis es tan educado! Le pregunto cuando llegue.

—Se me olvidaba decirte que vamos a ir este viernes al templo, ¿vas con nosotros?

—¡Sí! Ayer revisé algunas de las oraciones que me recomendaste. Me gusto la que dice: "Acto de amor a Dios. A ti vuela, señor, mi pensamiento; palpita por tu amor mi corazón..." —respondió Cecilia.

—¡Esa es bella!

Luis Felipe era miembro activo del movimiento espiritista y participaba junto a su esposa de las reuniones que se celebraban los viernes en el templo ubicado en las afueras de Río Piedras. Cecilia los acompañó en varias ocasiones y conocía de las actividades que se realizaban en aquellas sesiones. Al principio solo asistió por deferencia a ellos, pero luego sintió curiosidad y le interesó conocer más de aquella filosofía espirita. El templo era un salón construido en madera con varias ventanas, al que asistían entre doce a quince personas por reunión. En una de las paredes, colgaban dos cuadros: uno tenía la foto de Joaquín Trincado con una frase debajo que decía: "Espiritismo: luz y verdad", y en el otro lucía la foto de Allan Kardec. En la parte superior, estaba colocada una mesa cubierta con un mantel blanco. Ahí se sentaban el líder del grupo y los médiums que, en su mayoría, eran mujeres quienes ayudaban en la sesión espiritual. En la mesa colocaban un recipiente con agua y un pequeño jarrón con flores silvestres. Los trabajos comenzaban con una de las lecturas de la *Colección de oraciones escogidas, escrito* por Allan Kardec. Era el mismo libro que Luis Felipe utilizaba en su casa y que Cecilia leyó múltiples veces. Incluía oraciones relacionadas con solicitar la presencia de buenos espíritus, pedir salud para los enfermos, y suplicar por los que ya no estaban en la tierra, entre otras plegarias. Una vez terminaban las lecturas, el líder emitía algún comentario final, y los médiums se preparaban para comenzar su labor. Decían sentir voces en su interior que les hablaban tan claro como cualquier persona viva. Entraban en estado de trance y, de esa manera, establecían un enlace fluido con los seres espirituales a los que reconocían por sus voces. En la mayoría de las ocasiones, se manifestaban solo para informar que se encontraban bien en el mundo espiritual que ahora ocupaban. En otras, era para brindarle al ser vivo un mensaje de mejoramiento.

Según Luis Felipe, la mayoría de los seres que se comunicaban eran espíritus familiares, lo que hacía que el proceso de canalización fuera una experiencia agradable y productiva para el médium. Las sesiones duraban alrededor de dos horas. Cecilia consideraba las reuniones como una clase de aprendizaje en el que trataban de explicar tanto el propósito de la vida como la razón del sufrimiento humano. En cada sesión, buscaba entender si en realidad existía la vida después de la muerte. A pesar de lo que veía y escuchaba, no había encontrado la claridad; seguía con sus visitas al templo con la intención de comprender mejor la filosofía que practicaban. Pensaba que tal vez algún día todo tendría sentido para ella. La mayoría de los que asistían al templo veía el concepto muy claro. Ellos aseguraban, como decía el esposo de Áurea, la existencia de un cosmos espiritual.

Mientras Cecilia expandía su conocimiento en diferentes materias, el negocio de la pesca de Arturo y Goyo tomó forma. Salían al mar de cuatro a cinco de la mañana y volvían antes del mediodía. Pescaban mero, cherna, sama, capitán, arrayao, el peje puerco, entre muchos más. El día perfecto era cuando encontraban una buena mancha del pez dorado. Llegaban alrededor de las once y se encontraban con los vendedores que los esperaban a caballo en la orilla de la playa. Nada se escamaba; se vendía todo tal y como salía del mar. Goyo colocaba el producto de la pesca en los cajones o en las canastas que se colgaban a los lados del caballo. Por su parte, los vendedores tenían su ruta y se encargaban de distribuirlo. Iban por el camino hasta el pueblo de Camuy pregonando: "¡Pesca'o fresco!".

El negocio creció, y Goyo convenció a su socio de comprar un caballo. Transportaban su mercancía a la plaza de mercado del pueblo para venderla ahí. El caballo requería mucho pasto y atención; llegó a convertirse en un problema. Terminaron vendiendo el animal, se compraron una bicicleta y, unos meses más tarde, le añadieron un motor de gasolina. Iban al pueblo con una suficiente cantidad de pescados, y dejaban la bicicleta en el negocio de Agapito, quien les suplía el hielo para preservarlos. Colocaban la carga a vender en una carretilla con hielo, y llegaban hasta la plaza del mercado. En poco tiempo, lograron aumentar las ventas y se distinguieron por la variedad de mercancía que ofrecían.

Arturo no procuró la compañía de ninguna mujer. Cada noche, cerraba los ojos para buscar el sueño, pero de inmediato le llegaba a su memoria la imagen de Cecilia. Recordaba su sonrisa y la dulzura con que ella lo trataba. Sabía que la recordaría por el resto de su vida. No podía borrarla de sus pensamientos. En algunas ocasiones pensó en ir a buscarla, pero para ese entonces ya tenía su propio negocio. Tras la muerte de su padre, se convirtió en el proveedor de la casa. Debía ayudar a su madre, por lo que no le sobraba tiempo para salir de Camuy. A la misma vez, dentro de él aún ardía su resentimiento contra el padre de Cecilia. Las amenazas, las prohibiciones y el incidente con don Julio fueron pesadillas que no lograba olvidar. Aunque sabía por lo que le habían contado que, cuando su padre llegó a la ferretería, se quejó de dolor en el pecho y un momento después se desmayó. Reconocía que su progenitor cargaba con sus dolencias; lo había visto quejarse en silencio mientras pescaban en la yola.

La vida de Cecilia en Río Piedras transcurría lenta, pero llena de nuevas experiencias y de conocimientos adquiridos. Conoció algunas buenas amistades y descubrió el mundo de los libros. Tuvo la fortuna de instruirse con excelentes profesores que le mostraron los requisitos necesarios para formar una verdadera educadora. Pasó dos años en la universidad, donde tomó clases en educación básica general; además, incluyó cursos en matemáticas, ciencia, lenguaje en inglés y español, métodos de enseñanza, entre otros. Aprendió más acerca del mundo con las lecturas en las librerías o cuando visitaba la biblioteca. Se expuso a los trabajos de Luis Palés Matos, a los poemas de Juan Antonio Corretjer en la obra *Agueybaná*, al libro de Antonio S. Pedreira *El insularismo*, con el que ella discrepó de la filosofía del autor en cuanto el rol de la mujer en la educación. Estudió varios de los ensayos que aparecieron en la revista el *Heraldo de la Mujer*, que fundó Ana Roque, y conoció los ensayos y poemas de la extraordinaria educadora Concha Meléndez. También disfrutaba y aprendía cuando escuchaba a Luis Felipe, quien siempre le ofrecía algún nuevo concepto, consejo o repaso de alguna práctica.

Durante su estadía en Río Piedras, Cecilia desarrolló una amistad muy cercana con dos compañeras de estudios: Iris Cabrera y Carmen Rodríguez, ambas de Mayagüez y colaboradoras del Partido Nacionalista. Disfrutaban al máximo de los ratos que compartían juntas; se contaban hasta los sueños. Con ellas, podía compartir sus sentimientos y las ideas que se gestaban en su interior a raíz de la exposición a las nuevas corrientes de pensamiento que le enseñaban sus profesores y el tío Luis Felipe. A menudo discutían conceptos como la afirmación de la nacionalidad puertorriqueña, el amor por la patria, el desempeño de la mujer en la educación del país, y, sobre todo, los derechos de las mujeres. Solían difundir las afirmaciones de Ana Roque con relación a la igualdad entre el género femenino y el masculino. Su obra académica las convenció de que las mujeres poseían las mismas capacidades intelectuales que los hombres. Junto a sus amigas, la joven descubrió muchos criterios enriquecedores en el entorno universitario.

Una tarde de febrero, luego de haber entregado un examen para su clase de educación, mientras estaban sentadas en el patio de la universidad, Cecilia les reveló a sus amigas el amor que sentía por Arturo y los meses que llevaba sin verlo. Entre suspiros, les narró acerca de cómo conoció al joven pescador, los momentos que compartieron, sus estudios en la escuela intermedia, las caminatas por la playa del Peñón Amador y de cómo su padre se oponía a la relación. Al contar este último suceso, las lágrimas corrieron por su rostro y cambió su tono de voz. Les mencionó sus planes para el futuro, que pondría en práctica una vez regresara a Camuy. Su amor por Arturo seguía vivo, y estaba decidida a volver a su lado para compartir juntos toda la vida. Iris, luego de escuchar la historia de Cecilia, le sugirió que le escribiera un poema de amor.

—Ceci, será un regalo especial. Se lo podrás entregar cuando lo vuelvas a ver.

Las jóvenes recordaron la ocasión en que conocieron a la escritora Julia de Burgos en la reunión de las Hijas de la Libertad, organización hermana del Partido Nacionalista Puertorriqueño. La poeta les compartió una pequeña estrofa que construyó como el inicio a un nuevo poema que escribía en aquellos días.

—Estoy segura de que tengo esos versos copiados en algún sitio —indicó Iris mientras hojeaba una de sus libretas.

— ¡Tú eres increíble! Yo no puedo acordarme ni de un verso — comentó Carmen.

—Pero yo sí porque, una vez ella los dijo, los copié más o menos bien en mi libreta sin que se diera cuenta —explicó Iris.

—Fuiste bien atrevida —respondió Carmen.

—¡Los encontré! —dijo la joven mientras se ponía de pie.

A Iris le encantaba la poesía; quería darle realismo a la lectura de aquellos versos. Parada firme y con la libreta en mano, pronunció: "¡Cómo suena en mi alma la idea/ de una noche completa en tus brazos/ diluyéndome toda en caricias/ mientras tú te me das extasiado!".

Cecilia y Carmen aplaudieron. Estaban emocionadas por la pasión que Iris impartió al declamar aquellas líneas.

—No sé si te diste cuenta, pero los pájaros dejaron de cantar, las hojas de los árboles permanecieron quietas y tu voz nos transportó al mundo del deseo. ¡Eres toda una declamadora! —halagó Carmen

—¡Ay, Virgen Santa! Yo no podría decirle esos versos a Arturo —dijo Cecilia con timidez.

—Sí, Ceci tiene razón. Me parece una estrofa bonita, pero muy fuerte —expresó Carmen.

—¡Puedo buscar otros versos! Tengo otros poemas conmigo — comentó Iris.

—No… No… Gracias por tu idea. Prefiero decirle las palabras que saldrán de mi corazón cuando lo vuelva a ver. Correré a sus brazos y le diré que nunca lo he dejado de amar —argumentó Cecilia.

—Estoy de acuerdo, no necesitas poemas. Tendrás tus propias palabras —dijo Carmen.

La vida de Cecilia en Río Piedras transcurría entre sus estudios, lecturas, actividades políticas, visitas al templo espiritista y momentos de gozo con sus amigas. Compartir en esos entornos con sus tíos y amistades le permitió conocer a varios jóvenes, quienes a menudo se mostraban interesados en ella. Sin embargo, ninguno de ellos pasó de ser un buen amigo. Su amor por el joven pescador seguía presente, cada vez más vivo. A pesar de su dolor, aprendió a estar feliz, a regocijarse cada día al escuchar el canto de las aves en el flamboyán del patio; a sentir la alegría del compartir y de las risas con sus amigas; a disfrutar la lectura de un buen libro, y a saborear la espléndida comida de la tía, con los olores a limón, cilantro, hojas de laurel y orégano.

En aquellos dos años que Cecilia pasó en Río Piedras, nunca regresó a su pueblo natal. Ansiaba retornar por lo que le pidió ayuda a la tía. Para poder lograrlo, debían convencer a Carmelo, obtener el permiso para volver cuanto antes y pasar al menos un fin de semana en su casa. De esa forma, podría reencontrarse con Arturo. Áurea intentó pedírselo a su hermano en repetidas ocasiones; fue el tema obligado en cada una de las visitas que los padres de Cecilia realizaron a Río Piedras. Carmelo siempre se opuso, y no hubo manera para hacerlo cambiar de opinión. La última vez que regresaron para Navidad, repitió la respuesta de siempre.

—Te lo he dicho muchas veces, la nena regresa a casa cuando haya terminado sus estudios. ¡No me fastidies más con la misma cantaleta!

—Tú no cambias, eres el cuco narizón de la familia. ¡Piénsalo! Ella se lo merece.

Áurea nunca se dio por vencida. Lo discutió en el verano, en la visita de Acción de Gracias, en las navidades, y hasta en Semana Santa. No obstante, Carmelo jamás estuvo de acuerdo con aquella solicitud. Cecilia escuchó aquella discusión entre ellos más de una vez. Finalmente, entendió que debía ser ella quien presentara la petición. En la última visita de sus padres, tomó la iniciativa para discutir el tema con su papá. Todos estaban sentados en la sala; Áurea, al lado de Cecilia y de Luis Felipe; Juanita, en el sillón contiguo a la mesita de la esquina, y Carmelo en la mecedora. El papá hablaba del Partido Popular Democrático y de las visitas de Muñoz Marín a los pueblos. Luis Felipe lo escuchaba y difería de los comentarios que su cuñado decía. Fue en ese momento cuando Cecilia lo interrumpió.

—Padre, ¿le puedo hacer una pregunta?

—Claro que sí.

—Quiero pasar unos días en casa. La universidad está en receso por Semana Santa. ¿Qué usted cree? —preguntó la joven con los ojos clavados en los de su progenitor.

La mamá, nerviosa, apretó las manos y miró con un gesto de sorpresa a su cuñada política. Carmelo se mecía lento en el mueble de caoba y mimbre sin decir ni una palabra.

—Me parece excelente la sugerencia de la nena. Así ella podrá descansar de sus estudios unos días —se apresuró a decir Áurea.

—Pues yo no creo que sea tan buena. Ya lo hemos discutido, y tú, hija mía, podrás regresar a casa en unos meses cuando te gradúes de la universidad. Ahora no es el momento —respondió Carmelo al tiempo que se levantaba del asiento e invitaba al cuñado a salir juntos de la sala—. Luis, ¿quieres fumar?

Cecilia ya no toleraba aquellas restricciones impuestas por su padre. Envalentonada por las nuevas ideas feministas que germinaban en ella, por el deseo de ser escuchada y por el amor que sentía por Arturo, le increpó:

—Dígame… ¿Cuándo vamos a salir de esto? Las cosas no pueden seguir de esta forma. ¿Por qué se empeña en separarme de Arturo? —volvió a preguntar sin mover su mirada inquisidora.

—Cecilia, te quedas callada y me respetas. Esa no es la forma de hablarle a tu padre.

—Usted sabe que lo respeto. Pero tiene que aceptar, sobre todo, mis decisiones. Papá, los tiempos han cambiado.

—La que ha cambiado eres tú. No hay nada más que hablar, dentro de unos meses vuelves a casa. Ahora quiero fumar, ¿me entiendes? —argumentó Carmelo en tono amenazante.

El hombre caminó hacia la terraza y se le escuchó decir mientras salía: "Eso es lo que enseñan en la universidad, a que los hijos les pierdan la obediencia a los padres, aunque prefiero eso a que esté con ese muchacho". Luis Felipe fue tras él. Juanita corrió hacia su hija y le apretó la mano. En voz baja le dijo: "No le respondas a Melo. Más adelante vas a tener tiempo para tus cosas". Cecilia sabía que su madre apoyaría a Carmelo, siempre había sido así. En cambio, ella no estaba de acuerdo con aquella postura intransigente de su padre.

—No, mamá, yo quiero que me escuche. Busco tener libertad, regresar a mi casa cuando yo quiera, ver a mis amigos y estar con Arturo.

—¡Dios mío! Baja la voz, que tu padre te puede escuchar —comentó Juanita mientras secaba una lágrima de su cara—. ¡Realmente has cambiado!

—Sí, es cierto. Cecilia ha crecido y debemos apoyarla. Pero, dejemos ese tema por ahora, porque es hora de almorzar —dijo Áurea tratando de aliviar la tensión.

—En estos tiempos, criar a los hijos no es tarea fácil. Pero hay que reconocer que, cuando crecen, cambian —añadió Juanita en un susurro.

Cecilia caminó hacia la cocina. Ahí, buscó los platos de porcelana blanca con borde de flores color rosa viejo, y los llevó a la mesa del comedor. Colocó los cubiertos al lado de la vajilla, y entonces regresó al sofá de la sala. Sentía molestia con la actitud de sus padres y estaba resistiendo la tentación de ir a la terraza donde estaba Carmelo para reanudar la discusión sobre regresar a Camuy. Sin embargo, al ver el rostro triste de su madre, decidió detenerse. Juanita ayudó a su cuñada, y juntas sirvieron el almuerzo que Áurea había preparado. Ese día, Cecilia no cruzó ni una palabra más con Carmelo, y se retiró a su habitación antes de que ellos se marcharan. Solo su madre fue a despedirse de la joven.

En los primeros días de mayo de 1939, Cecilia completó con honores sus estudios en Pedagogía. Llena de alegría y entusiasmo, recibió su diploma como maestra de escuela elemental. Carmelo, Juanita y sus tíos la acompañaron en ese momento tan importante. Terminaba una etapa en su vida, y sentía que estaba preparada para comenzar otra nueva. Cumplió uno de sus sueños y ahora tenía una visión clara del rumbo que deseaba seguir. Su prioridad era ejercer como educadora en Camuy. Ansiaba vivir bajo sus propias reglas y estar junto a Arturo. Sus años en la universidad le ayudaron a comprender que los prejuicios de sus padres no podrían formar parte de su mundo. A pesar de todo el esfuerzo que ellos pusieron en enfatizar la diferencia entre las clases sociales, no lograron cambiar como pensaba. Fue inútil: Cecilia seguía enamorada de Arturo. Estaba dispuesta a luchar por aquel amor, a unir su vida con la de alguien de otra raza y de otro estatus económico. Se despidió de sus amigas, de la tía Áurea y de su gran mentor, Luis Felipe, aunque les prometió que volvería a visitarlos. Regresó a su casa en tren, decidida a cambiar lo que, hasta ese momento, su padre le había prohibido.

Era la tarde del domingo, 4 de junio de 1939, y no soplaba brisa en la playa del Peñón Amador. El oleaje se movía lento; el calor era asfixiante. Arturo y Goyo decidieron pasar por el colmado El Polvorín, cerca del Peñón Brusi. Deseaban refrescarse y tomar un par de cervezas. Cuando llegaron, en la entrada del negocio se encontraron con Jacinto, el chofer de carro público. Se habían dado unos cuantos tragos de más y, mientras sostenía un cono blanco repleto de ron, se quejaba de lo pobre que había sido su semana de trabajo. Señalo con frustración de que don Carmelo le avisó a última hora que no requería sus servicios para hacer el viaje a Río Piedras.

—Después que me dijo que recogiera a su hija en casa de la hermana, me canceló el flete. Perdí unos buenos chavos en eso —comentó Jacinto empinándose el cono de licor.

Arturo miró a Goyo sorprendido. No podía creer lo que el chofer acababa de comentar.

—Jacinto, ¿tú ibas a buscar a Cecilia?

—Sí, pero ella regresó en tren. Lo único que hice fue buscarla en la estación del pueblo.

Arturo sonrió y no pudo evitar la emoción en sus pensamientos: "¡Cecilia volvió!". Todo en su interior celebraba la dicha de saber que su amada había regresado, por fin, después de dos años sin poder verla.

De inmediato, Goyo notó la alegría que reflejaba el rostro de su amigo.

—¡Te ríes solo! Ahora sí que estás contento —bromeó Goyo.

—Vámonos, que tengo que ir a verla.

—Tranquilo, eso no va a ser tan fácil. Sabes que Carmelo no te va a dejar.

—No importa, busco la forma de llamarla.

—Creo que sería mejor si le escribes una carta. ¡Piénsalo! Así ves si ella todavía te quiere.

—Tienes razón, le voy a escribir. Estoy seguro de que ella me sigue queriendo tanto como yo la quiero a ella.

—Como dice el dicho: "El que la sigue, la consigue". Hora de celebrar. Jacinto, ven con nosotros que te voy a pagar un trago, le has dado la mejor noticia del día a mi amigo —celebró Goyo, dándole una palmadita al hombre.

—Si ustedes insisten, los sigo —respondió con suspicacia el chofer.

Arturo y Goyo celebraron el regreso de Cecilia. Compraron una caneca de ron color oro, brindaron por las buenas noticias, por el tren, por el amor y por Jacinto. Los ojos del pescador brillaban de felicidad; solo pensaba en volver a estar junto a su amada. Deseaba regresar a su casa para escribir la carta. En la radio sonaba una música de un trío.

—¡Negro, dale volumen, que esa es una buena canción! —gritó Goyo.

El dueño giró el botón del lado izquierdo de la radio, y se escucharon los acordes de la música de don Pedro Flores, cuyo conjunto interpretaba el bolero *Obsesión*.

—Goyo, mi mala suerte terminó. Como dice la canción: "No habrá una barrera en el mundo que mi amor profundo no rompa por ti…" Hasta la música está de mi parte hoy. Tengo que escribirle para decirle que la amo.

—Es hora de irnos. Mañana hay trabajo y tenemos que descansar.

Regresaron a la playa del Peñón Amador. Arturo caminó por la orilla y se detuvo frente a la casa de Cecilia; ya eran más de las nueve de la noche, y todo estaba en silencio. Pensó en la canción que escuchó en El Polvorín, e intentó de tararearla. Goyo tuvo que halarlo para que bajara la voz y pudieran continuar el camino a sus hogares.

Al día siguiente, Arturo se levantó más temprano que de costumbre. Buscó lápiz y papel para tratar de escribir una simple carta a la mujer de su vida. No le resulto fácil expresar lo que sentía. Escribió, tachó, borró y terminó rompiendo el papel. Casi daban las cuatro de la mañana, y aún no tenía ni una línea escrita. Tuvo que irse, Goyo lo esperaba en la playa. Al pasar junto a la casa de Carmelo, miró varias veces hacía el balcón, pero todo permanecía oscuro. Tan pronto llegó a donde tenían la yola, le contó a su amigo que no pudo completar la carta. Necesitaba tiempo para pensar en su mensaje y poder redactarlo. Tiraron la embarcación y remaron mar adentro. Mientras pescaban, las ideas nadaban en la mente de Arturo. Buscó de nuevo el lápiz y, al vaivén de las olas, trató de escribir varias líneas en un pedazo de cartón. Cuando regresaron a la orilla, cerca del mediodía, Arturo dejó a Goyo con los vendedores y regresó corriendo a su hogar. Durante el trayecto, a lo lejos, pudo ver que el balcón de la casa de Cecilia seguía vacío. Llevaba consigo el pedazo de cartón con la nota que creó. En cuanto arribó a su vivienda, con esmero, intentó re-escribir en un papel el mensaje. No pudo lograrlo. Todo lo que había redactado en aquel cartón estaba borroso, húmedo e ilegible. Necesitaba ayuda para encontrar las palabras que enviaría. De repente, se acordó de una carta que recibieron de la funeraria cuando murió su padre. Tenía un mensaje muy breve, con el que le daban el pésame a la vez que le solicitaban el pago por los gastos del entierro. Recordó que estaba en la caja debajo del catre y, para su sorpresa, allí también encontró el viejo libro que la maestra de octavo grado le regaló. Era la novela *Marianela,* de Benito Pérez Galdós. Con la ayuda de la carta y del libro, pudo construir sus líneas, incluso el saludo que tanto trabajo le había dado: "Apreciada Cecilia". Una vez completó el escrito, con cuidado, dobló el papel, lo acercó a sus labios y susurro: "Ve con Cecilia, entrégale también este beso de amor", y selló su nota con los labios. Regresó a donde estaba su socio de la pesca. Luego de que distribuyeron la mercancía, y antes de salir hacia la plaza del mercado, Arturo le pidió a Goyo que le entregara la carta a Cecilia. Sabía que su amigo podría hablar con ella.

Cerca de las cuatro de la tarde, Goyo pasó por el hogar de Carmelo y vio a la joven sentada en el balcón de la casa. Ella intentaba leer el cuento "El ruiseñor enjaulado" de Luis Rechani, que fue publicado en uno de los ejemplares de la revista *Puerto Rico Ilustrado*. El magacín era uno de los muchos boletines, revistas y libros que Luis Felipe le regaló. Sin embargo, no lograba concentrarse en su lectura. Miraba hacia la playa con la esperanza de ver a Arturo. Se había quedado en la casa a petición de su mamá. Juanita le rogó que evitara una nueva discusión con su padre, quien no se sentía bien en esos días. Aunque el pedido le molestó, decidió no llevarle la contraria a su madre por esa vez. Su deseo era ir en busca de Arturo, así que desde el balcón vigilaba la playa cuidadosamente, en espera de su amado.

Goyo llegó a la playa cercana a la casa de Carmelo. Agitaba la mano en forma de saludo, intentando llamar la atención de la joven.

Cecilia reconoció el rostro del mejor amigo de Arturo, bajó rápidamente las escaleras y se acercó a la orilla.

—¡Hola, Cecilia! Regresaste por fin. Arturo está loco por verte.

—¡Sí! Yo también estoy deseando verlo.

Sin perder tiempo, Goyo le planteó el propósito de su visita y le entregó la carta de Arturo. Ansiosa, la tomó y la escondió dentro de la revista que leía. Preguntó por el joven pescador. Era evidente su desesperación por saber algo de él. Goyo le explicó que Arturo no podía presentarse por allí porque, el día que fue a pedir permiso para cortejarla, Carmelo le prohibió regresar a su casa. También, le contó del tiempo tan difícil que enfrentó su amigo cuando ella se fue de Camuy. Goyo le aseguró que se pasaba día y noche soñando con el momento en que podría verla de nuevo. Además, le narró cómo su tristeza se agudizó por la inesperada muerte de su padre. Para su sorpresa, Goyo descubrió que ella no sabía nada sobre el deceso de don Julio.

—¿Qué dices? ¡Dios mío! No sabía nada de la partida de don Julio. Por favor, dale mis condolencias y dile que espero verlo pronto.

—Cuenta con eso. Desde entonces, ha tenido que trabajar mucho y cuidar a doña María. Ahora todo está bien. Tras la muerte del papá, nos hicimos socios en el negocio de la pesca.

Hablaron muy poco, Cecilia tuvo que adelantar la despedida, preocupada por la posible llegada de su papá. Con una emoción que apenas podía ocultar, la muchacha corrió a su casa, fue a la habitación, cerró la puerta y, una vez sentada en la cama, buscó la carta de su amado pescador. Le temblaban las manos cuando desdobló el papel. Recordó por un instante la nota que recibió en el octavo grado, cuando Arturo le preguntó si quería ser su novia. Leyó despacio aquellas líneas. Una enorme sonrisa se le dibujó en el rostro. Se pegó el papel al pecho mientras su imaginación corría a toda velocidad. Volvió a leerla; esta vez, de forma lenta y pausada.

5 de junio de 1939

Apreciada Cecilia:

Espero que te encuentres bien. Me dijo Jacinto que regresaste. Estoy contento por eso. Quiero que sepas que te amo. Espero que me quieras todavía. Espero por tu respuesta.

Con amor,

Arturo Santiago

La voz de Juanita interrumpió los pensamientos de Cecilia. Su madre anunciaba que la comida ya estaba lista. Cecilia guardó la carta en el cofre de prendas que tenía sobre la coqueta. Salió del cuarto y fue a sentarse en la antigua mesa rectangular del comedor, en la que había un paño blanco, tejido por Juanita, con un delicado patrón de pequeñas flores. Su mamá ya había servido la cena y estaba esperándola para comer junto a Carmelo y Quique. Al llegar, vio como el papá se sacudía la nariz con el pañuelo y tosía fuerte. Cecilia se acomodó en la silla y, sin haber probado la comida, cuestionó a sus padres.

—¿Por qué no me dijeron que don Julio había muerto?

—¿Para qué tenías que saber eso? —respondió Carmelo.

—Porque era el padre del hombre que amo. Tengo que ir a darle el pésame a doña María.

—Cecilia, no empecemos otra vez. Te hemos explicado que ese muchachito no te conviene, hay otros mejores.

—Padre, él no es ningún muchachito, se llama Arturo. Y a mí no me interesan otros, él es a quien amo —reiteró, mientras se levantaba de la mesa para irse al cuarto.

El tono de Cecilia fue tan impertinente como el que solía oír de su padre en muchas ocasiones. Juanita apretó el brazo de su marido para evitar que fuera tras la joven. Le pidió que le diera tiempo.

—Déjala que se calme. Ella no es una mala niña, ya es una mujer. Es tiempo de que tome sus propias decisiones y de que nosotros las respetemos —argumentó la madre para defenderla.

Carmelo no respondió, terminó su comida, tosió varias veces y fue al balcón a sentarse en la mecedora de pajilla. Puso los pies sobre la baranda y prendió un nuevo cigarro que había comprado en Hatillo. Chupó con fuerza y exhaló varias bocanadas de humo que impregnaban el aire con aquel aroma amargo del tabaco mezclado con el perfume suave de la vainilla. Quique se mantuvo callado mientras se suscitó el incidente entre Cecilia y su papá. En cuanto terminó de cenar salió a dar un paseo por la playa. El olor a tabaco lo persiguió por un instante. Según se acercó a la orilla, se preguntaba: "¿En qué pensaría papá en el silencio del balcón?". Se imaginó que tal vez evaluaba las ventas de la ferretería, el precio del tabaco o incluso el monto del dinero que tenía fiado. Consideró la posibilidad de que estuviera preocupado por aquella tos fuerte que no cesaba, y de repente surgió la idea correcta. Murmuro para sí mismo: "Seguramente está buscando una nueva estrategia para evitar que Cecilia se encuentre con Arturo". A Quique no le importaba la relación de ella con el pescador, siempre y cuando su hermana fuera feliz. Lo que no le agradaba era que su padre pretendiera resolver situaciones que les correspondían a ellos. Entendía que Cecilia ya no era una niña y debía tomar sus propias decisiones, de la misma forma que él estaba dispuesto a tomar aquellas que impactarían su vida. Uno de esos asuntos era su potencial matrimonio con su novia, Irene. Habían hablado de casarse y deseaba anunciarlo durante las próximas semanas. Sin embargo, le preocupaba la opinión de su padre, aunque lo veía más como una noticia por anunciar que no requería aprobación de nadie. Para Quique, estaba claro que esa decisión era exclusivamente suya. La caminata por la playa le ayudó a pensar en su plan matrimonial.

Juanita terminó de recoger los platos de la mesa y procedió a hablar con su hija. Dejó aparte la comida que Cecilia no probó. Entró a la habitación, y ahí se encontró a la joven sentada en la cama con un papel entre sus manos. Contempló el rayo de luz que entraba por la ventana de madera abierta. La mirada de la joven encontró la de su madre, y advirtió en sus ojos marrones un chispazo de ternura.

Cecilia guardó el papel en la mesita de noche, y Juanita fue a sentarse a su lado. Con voz suave, le contó algunos de los sucesos ocurridos en el barrio. Compartió con ella los detalles de la muerte de Julio; el incidente que aconteció entre Arturo y Carmelo en una de las noches del novenario; y del negocio de pesca que habían implementado el dúo inseparable de Arturo y Goyo. Le habló de Armando Sotomayor, el nuevo administrador de instrucción que nombraron en el pueblo; de las gestiones de Carmelo para ayudarla a conseguir empleo en la escuela elemental; de los amores de Quique con Irene, la hija de Carmín; la posibilidad de boda, y al final le hablo un poco sobre los problemas de salud de su esposo. Le explicó lo mal que estuvo Carmelo después de la gripe que cogió tras un aguacero de mayo y la tos constante que desarrolló a partir de entonces.

—Tu padre no se cuida. He visto que se le dificulta respirar, en especial cuando sube las escaleras. Necesita ir a ver el médico y dejar de fumar.

—Papá no es fácil, vamos a tener que llevarlo nosotras —argumentó Cecilia.

Aquella conversación entre madre e hija duró casi dos horas. Cecilia se sorprendió con toda la información que Juanita le ofreció. Se dio cuenta de que, durante los últimos dos años, Carmelo la separó de aquel mundo íntimo donde ella se crio, donde vivían sus seres queridos, vecinos, amigos y, sobre todo, Arturo. Al final, se envolvieron en llanto, disculpas y perdón. Juanita se comprometió en ayudar a su hija, y recordó las palabras de su cuñada Áurea: "La realidad es que Cecilia ha crecido y tenemos que apoyarla". No lo dudó, esas eran sus intenciones. Acordaron ir juntas a visitar a María la mañana siguiente. Los días eran largos, los rayos del sol aún no se ocultaban del todo. Cecilia caminó hasta el balcón. Deseaba volver a respirar el aire con aroma a salitre y contemplar el Peñón Amador. Se paró frente a la baranda, apreciando la inmensidad de aquellas aguas color azul oscuro. Sin embargo, el olor marino se ocultaba ante el humo del tabaco rancio. Su padre seguía en la mecedora con el cigarro. Una avalancha de nubarrones venía acercándose ahora, y corría una suave brisa helada. Carmelo observó a su hija en silencio, detuvo la silla, apagó el cigarro y se levantó para acercarse a ella.

—Niña, ¿qué piensas hacer? —preguntó Carmelo.

—Ya le dije, quiero ir a casa de doña María. Mamá me ha dicho que me acompañará mañana.

Pensativo, él se alejó unos pasos. Después de un lapso, dijo en voz baja y suave.

—Ceci, solo te pido que pienses bien lo que vayas a hacer. No quiero que después te arrepientas —argumentó el padre mientras tosía y se tapaba la boca con el pañuelo.

Parecía que Carmelo cedía ante los reclamos de Cecilia. En realidad, era un fingido intento para ganar tiempo en lo que ponía en marcha el plan que tramaba.

—Padre, estoy segura de lo que quiero. Pero usted debe cuidarse ese catarro y, sobre todo, dejar de fumar —comentó ella mientras lo observaba.

El hombre no habló nada más, bajó la vista y regresó dentro de la casa. Sentía escalofríos, así que decidió ir a descansar a la habitación.

Esa noche, Cecilia dio vueltas en su cama, incapaz de conciliar el sueño. Tenía la mente sobrecargada por todo lo que deseaba lograr en los próximos días. Sabía de la necesidad de maestros en la escuela elemental del pueblo. Si buscaba ocupar un puesto de maestra, debía conseguir una entrevista con las autoridades escolares. Volvió a pensar en Arturo y recorrió, línea a línea, la carta de su amado, ilusionada con la idea de verlo cuando visitara la casa de María. Buscó una hoja de papel y aprovechó para escribir unas cortas líneas en respuesta a la carta de su amado.

Arturo, como todos los días, se levantó bien temprano. Eran como las cuatro de la madrugada. María preparó el caldo de pescado, lo envasó en los mismos termos rojos que solía usar para su fenecido esposo, y le echó la bendición a su muchacho. El joven caminó por la orilla de la playa con su mirada fija en el balcón de la casa de

Cecilia. Todo seguía oscuro. Tenía la esperanza de verla al regresar de la pesca. Al verlo a lo lejos, corrió al encuentro de Goyo. No lo saludó como de costumbre; se limitó a preguntar por la carta. Goyo le confirmó la entrega. El joven brincó, abrazó al amigo y lo besó en el cachete.

—¿Qué es eso? Estás más feliz que un perro con dos rabos —comentó Goyo mientras se limpiaba la cara.

—¿Te preguntó por mí?

—Muchacho, ¡claro que sí! Le conté de ti, de tus cosas, y me dijo que te vería pronto.

Tiraron la embarcación al agua y Arturo iba feliz, parado en la proa de la yola, tarareando la letra de una canción: "No habrá una barrera en el mundo que este amor profundo no rompa por ti…".

Cerca de las nueve de la mañana, después que Carmelo salió a realizar unas diligencias en el pueblo, Cecilia y Juanita se dirigieron rumbo a casa de doña María. El recorrido hasta aquella vivienda era relativamente corto, menos de quince minutos a pie. A Cecilia todo le lucía distinto. Habían transcurrido dos años sin ver los alrededores del sector Bajura, y no paraba de mencionárselo a su mamá durante todo el trayecto. Comentaba sobre cada uno de los detalles que observaba a su paso: de los muchos arbustos de membrillo que nacieron a la orilla del camino, las palmeras repletas de coco que le parecían como si fueran gigantes, la altura que habían alcanzado las dunas de arena, las casas recién construidas con barracas a sus lados y hasta sobre los agujeros de los cangrejos. También habló de Arturo y de lo mucho que deseaba verlo. Particularmente, expresó que anhelaba coincidir con él en la casa de su madre. Ella sabía que los pescadores salían temprano al mar. Sin embargo, no conocía la hora de regreso que tenía Arturo. Esperaba que, esa mañana, todo fuera distinto y él estuviera en su hogar con María.

Dejaron atrás el sendero arenoso y, según avanzaban por aquel sector, el camino se convirtió en un trecho de piedra más angosto. A la izquierda, podían ver las siembras de caña junto a los cerros, mientras que a la derecha se extendía el llano, donde se divisaban las dunas de arena en la playa. Al llegar a la casa, desde la entrada del patio, llamaron a la mamá de Arturo. Como siempre, todo se veía recién barrido y recogido. La vivienda estaba abierta, y un pequeño jardín con dos matas de rosas se observaba cerca de la entrada. Mientras esperaban tres gallinas y un gallo escarbaban la tierra en busca de comida. En la parte de atrás del patio, un árbol de naranjas repleto de frutos sobresalía, captando la atención de ellas. La ropa en el cordel de alambre se movía al ritmo de la brisa, como si estuviera alegre y quisiera saludar a las recién llegadas. Habían transcurrido dos años desde la muerte de Julio, y aunque María continuaba en luto, apreciaba y disfrutaba recibir las amistades del barrio en su hogar. Llamaron varias veces, pero nadie contestaba, hasta que Cecilia gritó su nombre con fuerza: "¡Doña María!"

—Voy… ¿Quién me busca? —respondió María sin reconocer aquella voz.

—Soy yo, Juanita.

María bajó al batey por la puerta de atrás, se puso unas chanclas gastadas, cerró la puerta de la letrina y caminó hacia el frente de la casa.

—Muchacha, ¿cómo están ustedes? Pero entren, entren pa' acá —dijo María mientras les hacía señas con la mano para que se acercaran.

—Tú sabes, como siempre, con mil dolores. ¿Te acuerdas de Cecilia?

—¡Claro que sí! Te ves distinta. ¡Preciosa! Hace un montón de tiempo que no te veía.

—¡Gracias! Regresé de estudiar hace unos días.

—Sí, ya lo sabía. Juanita, no me digas que hay más ropa para lavar.

—No, mujer, no vinimos por eso.

María las invitó a subir a la casa y todas se sentaron en la mesa de la cocina. Era el espacio que había después de la pequeña sala. Todo estaba limpio. En una de las paredes, colgaba un calendario que mostraba una casa de madera, árboles y un riachuelo. Debajo se leía en letras grandes: "Almacén de provisiones de don José Tomás Rivera Morell". También había un crucifijo pegado a la pared que parecía estar hecho en un metal oscuro. En la esquina derecha de la sala, tenían una tablilla decorada con una figura en madera de la Virgen del Carmen, la santa patrona de los pescadores, y junto a ella, una pequeña vela blanca encendida. Se sentía una brisa fresca en la cocina, la puerta trasera permanecía abierta, al igual que la ventana que daba acceso al fregadero. Cecilia aprovechó el momento para darle el pésame, y se disculpó por no visitarla antes. Responsabilizó a sus estudios y su estadía en Río Piedras por el retraso. María les contó sobre la soledad en la que vivía, el vacío que sentía, la resignación, el esfuerzo de su hijo por mantener la casa y sobre los negocios con la pesca. También les habló de Arturo: de lo mucho que trabajaba, de las marcas que el nilón le había dejado en sus manos, la bicicleta que tenían para cargar los pescados y de la nueva rutina de ventas que culminaban en la plaza del mercado. Hasta se arriesgó a decirle a Cecilia que a su hijo le hubiese gustado estar en la casa para verla.

—Arturo sabe que llegaste, y te quiere ver. Me lo dijo anoche —le confió María.

Cecilia la escuchaba ansiosa, y miraba de reojo a la puerta de entrada con la esperanza de que Arturo entrara por ahí. María, quien conocía de los amores de su muchacho con la joven, se le adelantó y les explicó que él llegaba a la casa casi siempre después de las tres de la tarde, una vez que terminaba de vender los pescados en la plaza del mercado. Juanita no preguntó ni comentó nada acerca del pescador. Sin embargo, su hija estuvo atenta a cada uno de los relatos que la mujer ofreció, y hasta quiso conocer sobre la salud del joven. Mientras la señora hablaba, Cecilia miró con disimulo el catre colocado en una esquina, cubierto con una sábana fina, y asumió que era el lugar donde dormía el hombre que añoraba ver. Observó una camisa crema colgada en la pared; pensó en olerla, en acariciarla y sentir el aroma de su amado, pero estaba consciente de que sería un comportamiento inadecuado de su parte. Las mujeres compartieron durante una hora. La dueña de la casa les ofreció del jugo de naranja que exprimió minutos antes de que ellas llegaran. También quiso regalarles una lechosa que estaba casi madura, cosechada de uno de sus árboles frutales. Aunque Juanita la rechazó, su hija la aceptó con mucho gusto. Se despidieron y acordaron volver a reunirse en un tiempo cercano o cuando María regresara a la casa de Juanita.

Madre e hija emprendieron el camino de regreso hacía al Peñón Amador. Cecilia se sentía feliz porque pudo conversar con la madre de Arturo y ahora se llevaba consigo todo cuanto había observado en el hogar donde vivía su amado. Sin embargo, también sentía tristeza por no haberlo visto, pero se consolaba por el solo hecho de estar en su hogar. Las dos mujeres caminaban lentamente; Cecilia llevaba la lechosa y hablaba sin parar de todas las cosas que María les comentó.

Tan pronto regresaron a la casa, Cecilia delineó un plan para re-encontrarse con Arturo. No podía esperar más. Cerca de las doce y media, Juanita hizo su acostumbrada invitación, indicando a todos que la comida estaba servida en la mesa: "Vengan, hora de comer". Carmelo aún no había regresado de sus diligencias en el pueblo. Quique cerró el negocio al mediodía y fue el primero en sentarse. Cecilia sonrió al ver a su hermano frente al plato de comida. Le recordó de los viejos tiempos, cuando ellos eran niños.

—Tú no cambias, siempre eres el primero en la mesa.

—¡Por qué voy a cambiar! Mamá cocinó el arroz con bacalao que me encanta —comentó Quique.

—Vas a tener que buscarte una novia que sepa cocinar como nuestra madre.

Cecilia miró con picardía a su mamá, quien ya le había revelado los nuevos amores de su hermano.

—Ya la tengo, se llama Irene.

—¿La conozco?

—¡Sí! Es la hija de Carmín, el dueño del negocio que está más arriba.

—Esa muchacha es más joven que yo. ¿Se van a casar?

—Hemos hablado de eso. Parece que mamá te ha contado algunas cosas —dijo Quique y buscó con la mirada a Juanita.

—Solo algunos detalles. La verdad es que llevas más de siete meses desde que formalizaste el noviazgo, y es momento ya de hacer una familia —admitió Juanita al sentarse a la mesa.

—¡Dios mío, cómo ha cambiado todo por aquí! Quique enamorado y con ideas de casarse. ¡No lo puedo creer!

—Tú también deberías pensar en eso —argumentó el hermano sonreído.

—No empieces —dijo Cecilia—. ¿Cuándo regresa papá?

—Debe estar por llegar —respondió Juanita.

Después del almuerzo, Cecilia se cambió de ropa y se puso el vestido amarillo que la tía Áurea le regaló. Se peinó cuidadosamente el cabello, colocándose dos hebillas con cintas de colores. Alrededor de las tres de la tarde, caminó descalza por la arena llena de caracoles hacia la playa y observó cómo los rayos del sol iluminaban el Peñón Amador, que se proyectaba majestuoso sobre el inquieto mar. La joven estaba llena de ilusiones que transportaban su mente a un mundo de alegría, un estado emocionante de bienestar que hacía latir su corazón con fervor. Mientras corría, su cuerpo vibraba y una sonrisa se dibujaba en sus labios. Sabía que pronto podría ver a su amado pescador una vez más. Miró al cielo y admiró cómo unas nubes casi transparentes se fundían a lo lejos con el océano. Por primera vez, la playa le pareció un paisaje distinto al que una vez conoció. Al llegar a la esquina oeste, donde un gran peñasco impedía el paso, se acomodó sobre la arena para disfrutar de la melodía del mar. A la distancia, vio la figura de un hombre que corría en su dirección. Sabía que era Arturo. Su corazón latía fuertemente, y sentía que su cuerpo temblaba. Jugó con la arena, dibujó un corazón y escribió las letras A y C en él, pero luego lo borró todo. Tenía pensamientos encontrados; no sabía si debía correr hacia él, gritar su nombre o esperar su reacción. Volvió a mirar, llena de ilusión, al hombre que se acercaba, pero no podía disimular sus nervios. Unos minutos más tarde, sintió la cercanía de Arturo. Este llegó vestido con una camisa crema y un pantalón negro enrollado por encima del tobillo, remendado en una de las piernas a la altura de la rodilla. No llevaba zapatos. Su respiración era corta y fuerte, parecía asfixiado y no pudo hablar durante unos segundos. El joven, al igual que ella, tenía el pecho inflado de emociones, con un ardor en las manos que temblaban de ansiedad por acercarse a su amada. En su nerviosismo, la sensación era como si tuviera una medusa pegada al estómago. La mente lo traicionaba. Había pensado en mil palabras que le diría cuando la volviera a ver, y justo al llegar a su lado, no sabía qué decir o de qué hablarle. Se quedó paralizado. Sus ojos verdes recorrieron lentamente el rostro delicado de aquella mujer. Cecilia, nerviosa, casi no se atrevía a respirar.

—Por fin te encuentro, ¿cómo estás? —preguntó él en una voz entrecortada sin dejar de mirarla.

—Feliz de verte, y tú, ¿cómo has estado? —respondió ella. Sus ojos lucían tan brillantes como la amplia sonrisa que iluminaba su rostro emocionado.

El cuerpo de ella palpitaba de emoción. Pensó que ambos habían llegado a este mundo con el propósito de encontrarse, compartir su amor y estar juntos. El corazón de Arturo latía con pasión al escuchar la voz de su enamorada. Secó su frente con la mano y, sin apartar la vista de ella, se sentó a su lado mientras sus pies se hundían en la arena.

—¿Vas a regresar a la universidad?

—No. Terminé mis estudios por ahora. Quiero dar clases.

—¿Viste mi carta?

—¡Sí! La leí y me encantó. Te escribí una respuesta y la tengo aquí en uno de mis bolsillos.

—¿Y qué dice?

Cecilia se sonrojó, lo miró y le mostró una hermosa sonrisa. De momento no supo qué decir, sintió que la timidez la vencía.

—Serás bobo, que te quiero.

—¿Solo dice eso?

La joven pensó por un instante y se armó de valor, superó su timidez y habló sin reservas.

—No. También dice que no he dejado de amarte en todos estos años, y que quiero estar junto a ti por toda mi vida.

Rieron nerviosos, entrelazaron sus manos y, por un instante, se miraban a los ojos, frente a frente y muy juntos. El viento soplaba, el sonido del mar crecía y los latidos de sus corazones retumbaban en sus pechos. Ambos sentían el deseo de unir sus labios y decir en silencio: "Te amo". De repente, la voz de Quique interrumpió aquella ternura compartida. Corría por la orilla de la playa, mientras llamaba a gritos a Cecilia. Se acercó a los jóvenes, saludó a Arturo y le explicó a su hermana que debía regresar a la casa.

—Papá invitó al administrador de instrucción de Camuy y quiere hablar contigo. Me pidió que te buscara.

Cecilia movió la cabeza y por un instante fijó su vista en su hogar a lo lejos. En su mente se preguntaba: "¿Qué estaría buscando papá con esa visita?". Pero recordó cuando su madre le contó la noche anterior que Carmelo realizaba unas gestiones para ayudarla a conseguir empleo como maestra. Arturo sonreía con la mirada fija en ella, en su cabello ondulado, en sus cejas gruesas, su rostro delicado y en su piel blanca. Le pareció algo distinta a la joven de antes. Cecilia le pidió a Quique que le diera unos minutos adicionales; que necesitaba más tiempo con Arturo. El hermano se retiró unos metros y esperó por ella. Ninguno de los dos jóvenes quería separarse. Solo deseaban disfrutar de aquel sencillo reencuentro.

—¡Estás hermosa! No me canso de verte —admitió Arturo con un brillo de luz en sus ojos, llenos de felicidad, que transmitían el amor que sentía.

—Tanto tiempo sin verte, no has cambiado —respondió ella con una sonrisa, sin apartar la vista de aquella encantadora mirada.

Se contemplaron en silencio por unos segundos. Arturo tomó la mano de la joven y, en un movimiento rápido, entrelazaron sus dedos. Sonrieron como niños. Ambos sintieron que era una forma de confesar sus sentimientos, mostrar aquella seguridad y compromiso con su relación de amor. Cecilia, nerviosa, comenzó a hablar de la felicidad que sentía al volver junto a él; de estar ahí, en la playa, donde vivieron tantos momentos hermosos. Le contó de la visita que hizo en la mañana a la casa de doña María con la esperanza de encontrarlo en su hogar. Además, le habló sobre su interés por conocer lo que había hecho durante los dos últimos años. Arturo parecía hipnotizado y, como sucedía en el pasado, ella era la que más hablaba.

—Sigues igual, no me dejas hablar, pero me encanta oírte. Me hacía falta…

—Tenemos mucho que contarnos. ¡Quiero saber todo de ti! Me gustaría verte mañana por la tarde. Podemos encontrarnos aquí nuevamente —sugirió Cecilia, y sus ojos buscaron llenos de amor los de él.

—¡Sí! Aquí estaré, te lo prometo —Arturo apretó la mano de la joven sin dejar de contemplarla.

Aunque tímidos, se despidieron con un suave roce de manos y unas amplias sonrisas de alegría. Ella regresó a casa con Quique mientras Arturo permaneció sentado, con la vista fija en la joven que se alejaba. En más de tres ocasiones, Cecilia se volteó sonriente hacia donde él estaba, expresándole con su mirada: "¡Te quiero!", y haciéndole un gesto con la mano. El rugir del mar intensificaba, y una ráfaga de viento arrastró algunas hojas secas hasta donde Arturo. Sin dejar de observarla, él se levantó y gritó con toda su fuerza: "¡Te amo, Cecilia Amador!". El viento y el sonido de las olas se tragaron aquellas palabras. Arturo, lleno de felicidad, decidió ir en busca de Goyo. Quería contarle y celebrar aquellos minutos que compartió con la mujer que siempre había amado. Caminó hasta donde dejaban la yola, y vio que no estaba la bicicleta que utilizaban para transportar los pescados. Pensó que su amigo debía andar en ella. Corrió rumbo al colmado El Polvorín, seguro de que su socio estaría allí. Después de culminar su jornada de trabajo, era su lugar preferido por la música, los juegos de dominó y las cervezas. Al llegar, vio la bicicleta en

la esquina de la tienda, y escuchó la voz de Goyo que acompañaba
los acordes de una guitara:

> Tú me enciendes la hoguera
> con tan solo una mirada.
> Es tan dulce encrucijada,
> tu sabor que me incinera.
> Negra, brasa de palmera,
> humos bailan en canción.
> Negra musa, inspiración,
> un poema en escarlata.
> Ven y sálvame, mulata
> con tus ojos de carbón.

Sorprendido con la letra de aquella décima, Arturo entró al establecimiento y les anunció al guitarrista y a dos personas más que ese que
versaba era su amigo, Gregorio "Goyo" Valentín, pescador de oficio y
trovador en su tiempo libre. Todos rieron y le aplaudieron al cantante.

—Goyo, esas décimas son nuevas, no las había escuchado antes.
¿Tú las escribiste? —preguntó Arturo a la vez que pedía un palito de
ron para su socio y otro para él.

—No. Me las enseñó la hermana menor de Agapito, Ela.

—Ya sabía yo que te gusta esa chica.

Esa tarde fue de celebración. Cantaron y bebieron por unas cuantas horas.

En casa de Carmelo esperaba por Cecilia el nuevo administrador
de instrucción de Camuy. Armando era un joven alto, flacucho y, a diferencia de Arturo, su piel era blanca. Tenía unos treinta años, aunque
lucía de mayor edad. Llevaba una barba espesa, un bigote frondoso,
y pelo negro, lacio. Sus ojos caídos eran color grisáceo, desprovistos

de energía. Vestía un traje negro; por debajo, una camisa blanca con lazo gris. Vivía en Isabela con su madre, y se quedaba en Camuy durante la semana por el trabajo. Conoció al papá de Cecilia en la Logia Masónica de Hatillo, Monte de Líbano, Número 51. Ambos pertenecían a la misma fraternidad. Carmelo era Maestro Masón, y ocupaba el puesto de Primer Vigilante dentro del cuerpo directivo. Armando, por su parte, era un aprendiz de la filosofía masónica. Se había iniciado solo unos meses atrás, y sus primeros pasos fueron a través del Gabinete de Reflexiones, una bóveda lúgubre donde los candidatos a la iniciación reflexionaban y comenzaban su recorrido por el camino interior del masón. La logia le encargó al ferretero evaluar la solicitud de Armando para ingresar a la institución. Investigó al joven educador, y concluyó que cumplía con los requisitos y los criterios establecidos para entrar a la Orden. Lo describió en su informe como un hombre amable, servicial y trabajador. Además, reconocía y aceptaba a Dios como padre divino, que lo guía en todo momento; también confirmó que Armando aceptaba la igualdad en todos los seres humanos. Así, determinó que era un hombre libre y de buenas costumbres. A partir de la iniciación, los dos hermanos masones se hicieron buenos amigos. Al finalizar la reunión del jueves anterior, Carmelo le comentó al joven aprendiz acerca de su hija, de sus estudios en Pedagogía en la Universidad de Puerto Rico y su intención de ofrecer clases en Camuy. De inmediato, el administrador mostró interés por conocer a Cecilia, ya que buscaba con urgencia maestros para los grados de primero a tercero en la Escuela Elemental Laurentino Estrella. Esa noche, el nuevo masón se comprometió a entrevistar, durante los próximos días, a la hija de su amigo.

Aquella mañana, antes de que Cecilia y Juanita salieran rumbo a la casa de María, Carmelo viajó al pueblo con Jacinto. Tenía que hacer varias diligencias: llevó la radio de tubo a reparar, compró un jarabe para la tos en la botica, cobró un dinero que le debía uno de los placeros y visitó la oficina de Armando Sotomayor, que estaba ubicada cerca de la Casa Alcaldía de Camuy. El lugar tenía tres amplias ventanas de madera al frente; en su interior, se observaban dos filas de escritorios con un pasillo en el centro que llegaba hasta la oficina de Armando. Ahí, trabajaban alrededor de cinco empleados, además de la secretaria que lo recibió. Ella era la única mujer del equipo. El resto del personal eran hombres, todos vestidos con chaqueta, camisa blanca y corbata. En la oficina del administrador, que no era una habitación muy grande, había un escritorio, una silla giratoria con rueda, un pequeño archivo y dos sillas hechas con madera de caoba. Sobre el escritorio se encontraban varios libros y documentos; todo lucía organizado y limpio. En la esquina izquierda superior del escritorio, había un documento titulado "Guía para la instrucción masónica, por L.F.C.".

El papá de Cecilia llegó al local, caminó hasta el escritorio de la secretaria, que era el primero, dio los buenos días y preguntó por Armando. Tosió varias veces, y sacó su pañuelo del bolsillo para sacudirse la nariz. No tuvo que hablar más porque el joven educador estaba cerca y pudo escuchar su voz. Se saludaron de inmediato, y fueron a reunirse en la oficina. Carmelo tenía dos buenas razones para reunirse con él. Primero, consideraba a su hermano masón como un buen candidato para ser pretendiente de su hija. Sabía que no era casado, tenía un buen trabajo y era una persona respetada tanto en Isabela como en Camuy. Como había escrito en el informe, era un hombre de buenas costumbres, y le agradaba la idea de que pudiera formar parte de su familia. Segundo, quería invitarlo a cenar a su casa, de manera que tuviera la ocasión de conocer a Cecilia y pudieran dialogar sobre las oportunidades de trabajo en la escuela. La reunión fue breve, y finalizó con una invitación a cenar esa misma tarde.

—Entonces, lo espero en casa como a eso de las cinco de la tarde. Juanita va a preparar su rico arroz guisado con pollo. ¡No se lo puede perder! —dijo Carmelo mientras se levantaba de la silla y observaba de reojo el escritorio del educador.

—Claro que no. Ahí estaré, cuente usted con eso. Nos vemos —confirmó Armando, y apretó la mano de Carmelo.

—Vi que tiene la guía masónica en el escritorio. No deje de estudiar, que pronto debemos hacer la ceremonia de ascenso al grado de compañero.

Eran más de las once cuando Carmelo salió de la oficina del administrador de instrucción. Subió por la calle principal del pueblo, y se detuvo frente a la pequeña oficina del doctor Luis Alum. Pensó que debería entrar, pero abandonó ese pensamiento cuando lo saludó el alcalde del pueblo, Francisco de Jesús Cabrera, conocido mejor por todos como don Pancho de Jesús. Hablaron durante un buen rato, entretenidos con el tema de la política. Don Pancho pertenecía al partido de la Coalición, y llevaba siete años manejando la administración del pueblo. Tenía intenciones de aspirar a un cuatrienio más. Carmelo coincidía con el pensamiento de Luis Muñoz Marín, fundador del Partido Popular Democrático y líder que buscaba una mayor justicia social para los puertorriqueños, un asunto que llamaba la atención del alcalde. Intercambiaron ideas, discutieron y, al final, se dieron un fuerte apretón de manos. Cada uno siguió su camino, y Carmelo, a pesar de su tos, olvidó la visita al médico.

Como a las cinco y diez de la tarde, llegó el joven masón a la residencia de Carmelo. El visitante estacionó su Ford color verde olivo frente a la ferretería, y Carmelo bajó a buscarlo. Caminaron por el patio de la casa, y luego subieron al balcón. Mientras hablaban sobre el simbolismo de la apertura y clausura de la logia, Carmelo llamó a Quique para pedirle que buscara a su hermana. Le indicó que la había visto caminar hacia la esquina oeste de la playa. Unos treinta minutos más tarde, Quique regresó con Cecilia.

—Cecilia, quiero que conozcas al nuevo administrador de instrucción de Camuy, el señor Armando Sotomayor. Es un buen amigo, vecino de Isabela y también masón, como yo —dijo Carmelo sonriente.

El joven hizo un gesto con la cabeza sin dejar de observar a la hija del ferretero. No tuvo oportunidad de decir mucho porque Cecilia se excusó para buscar sus zapatos. El administrador quedó impresionado con la belleza de la joven. Los ojos grandes color de avellana de la muchacha le parecieron hermosos, y pensó que el traje amarillo que llevaba puesto era como si el propio sol lo hubiese pintado con sus rayos de oro. Cecilia se fue a la cocina para ayudar a su madre a preparar la mesa y, en cuanto acomodaron todo, Juanita los llamo: "La comida está lista, vengan". En la cena, Cecilia fue la primera en buscar conversación con el invitado. Le hizo varias preguntas sobre el programa educativo del pueblo. Quiso saber sobre el tiempo que llevaba en el puesto como administrador, sobre las facilidades de la escuela elemental, el apoyo económico que recibían del gobierno, la cantidad de maestros que necesitaba y el número de estudiantes que tenía cada grado. También le habló de sus profesores en la universidad, de los cursos que tomó para completar los requisitos como educadora y del amor que sentía por los libros. Armando estaba sorprendido por lo conversadora que era la hija de su amigo y por el interés que mostró hacia cada uno de sus comentarios. Carmelo y Juanita no hablaron mucho; la tos del padre fue lo más que se escuchó de él. Quique interrumpió la conversación en varias ocasiones, pero solo para bromear de lo mucho que hablaba su hermana. Sus ocurrencias los hacían reír.

—Ahí donde usted la ve, es amiga de Pedro Albizu.

—¡Cállate, Quique! No digas tonterías. No lo he conocido, aunque reconozco que lo apoyo y estoy de acuerdo con su lucha. Todos debemos trabajar por una patria libre.

El papá la miró y frunció las cejas. Ella continuó la conversación como si no hubiera dicho nada fuera de lo regular.

—Por lo que veo, está muy bien preparada. Necesitamos maestros como usted. ¿Podrá pasar mañana por mi oficina como a eso de las nueve para que llene la solicitud? Cuando llegue, pida hablar conmigo —preguntó Armando mientras sacaba una pequeña libreta del bolsillo y hacía una anotación en ella.

—Se lo agradezco, ahí estaré.

—Agradézcale a su padre, él fue quien me habló de usted.

—Lo importante es que la nena quiere trabajar, y hay que ayudarla.

—No se preocupe, don Carmelo, que la vamos a ayudar.

Terminaron la cena y tomaron el café en la sala. Cecilia aprovechó para hacerle otras preguntas a Armando sobre el sistema educativo, y él respondió cada una de ellas con detalles. También mencionó que era partidario de la lucha por la independencia del país y que apoyaba el movimiento nacionalista dirigido por Albizu. Cerca de las siete, Armando se despidió de la familia, estrechó la mano de Cecilia, agradeció a Juanita por la cena y abrazó a Carmelo. Estaba impresionado, no solo por la belleza de la joven, sino también por su elocuencia, modales, amor por los libros, entusiasmo hacia la educación y su respaldo a la lucha por la libertad del país. Deseaba volver a verla. Cecilia estaba feliz de conocerlo, y agradeció a su padre por la ayuda ofrecida. Carmelo aprovechó ese momento para conocer el sentir de su hija.

—¿Qué te pareció Armando? Creo que haría buena pareja contigo.

—¡Padre! Quiero trabajar, y no busco pareja. Sabe que estoy enamorada de Arturo.

Carmelo rio hacia adentro, consciente de que se cumpliría su plan. Sintiéndose sereno, fue al balcón a fumar un cigarro. Cecilia se fue feliz para ayudar a su madre a lavar los platos.

Pasadas las ocho y treinta de la noche, Arturo y Goyo regresaban de El Polvorín montados en la bicicleta. El ruido del viejo motor de gasolina sonaba como un gemido de dolor, luchando bajo el peso de los pescadores. Llegaron a la playa del Peñón Amador, apagaron el motor de la bicicleta y caminaron despacio hacia donde se encontraba la yola. Mientras avanzaban por la arena, Goyo mencionó la posibilidad de unirse a un grupo de música que estaba organizando Agapito.

—Yo sería el cantante del grupo. Agapito tocaría el cuatro, y un primo de él, la guitarra.

—¿Pero eso va en serio?

—¡Sí! Ya practicamos una vez en la trastienda de Agapito, y todo sonó bien —anunció Goyo con una amplia sonrisa.

¿Eso quiere decir que vas a dejar la pesca? ¿Me voy a quedar yo solo?

—Claro que no. A ti y a mí no hay na' que nos separe —dijo Goyo y prendió un cigarrillo.

Era una noche oscura en la que soplaba una brisa. Notaron que la marea había subido, así que decidieron acercar la yola a los uveros. La de ellos era la embarcación más distante de las demás. La empujaron y, sin darse cuenta, impactaron la bicicleta, que se volcó sobre la arena. Parte de la gasolina se derramó en el suelo. Goyo inhaló su cigarrillo por última vez y lo tiró, sin saber que la colilla caía sobre la superficie impregnada de combustible. Todo ocurrió en cuestión de segundos. Un pequeño fuego corrió como un bribón malo por la arena, y de ahí llegó al tanque de gasolina. No pudieron reaccionar a tiempo: el fuego se apoderó del envase y se produjo una explosión. Los dos jóvenes cayeron al piso sin entender lo que acababa de suceder, se levantaron asustados y confundidos. No sabían cómo reaccionar. Vieron cómo las voraces llamas anaranjadas y azules se extendían por toda la embarcación y alcanzaban los uveros. Retrocedieron unos pasos, confirmaron que estaban bien, y procedieron a tratar de controlar el incendio. El fuego seguía creciendo, apoderándose de todo lo que estaba a su alrededor. Tiraron arena con las manos, se quitaron las camisas y trataron de sofocar el incendio, pero todo fue en vano. Una espesa columna de humo subió al cielo. Aquella mezcla de gases y de pequeñas partículas les irritaba los ojos. No paraban de toser y les costaba respirar. Tuvieron que retirarse unos metros para encontrar aire fresco.

Algunos vecinos, que escucharon la explosión y vieron la humareda, avanzaron a socorrerlos; entre ellos, Quique y Carmelo. Quique le pidió a su padre que se mantuviera un poco alejado, para evitar que el humo lo afectara. Treinta minutos más tarde, todo había pasado. Aquel fuego maligno consumió casi por completo el único medio que tenían Arturo y Goyo para ganarse la vida.

Juanita estaba peinando a Cecilia cuando escucharon un ruido que les sonó como una explosión. Ambas corrieron asustadas hacia el balcón y allí vieron las llamas y el humo que salía de los uveros. Madre e hija trataron de entender la escena que se desenvolvía a lo lejos. Caminaron de un lado al otro. Juanita, como era su costumbre cada vez que ocurría algún accidente en el barrio, rogaba al cielo para que nadie estuviera herido. Por su parte, Cecilia rezaba para que Arturo no estuviera involucrado en el incendio. Quique y Carmelo regresaron a la casa cerca de una hora más tarde, y les contaron los detalles del incidente.

—Se quemó la yola de Arturo. Al parecer, un cigarrillo mal apagado provocó el fuego. Además, tenían un poco de gasolina almacenada dentro de ella, por lo que todo se quemó tras la explosión del tanque de la bicicleta. Afortunadamente, a ellos no les pasó nada —explicó Quique mientras movía la cabeza en señal de negación y apretaba los labios.

—¿Los viste? ¿Arturo está bien? — preguntó Cecilia alarmada.

—Sí, los dos están bien. Asustados. Los dos tenían un fuerte olor a ron. Yo creo que bebieron más de la cuenta —respondió el hermano.

Cecilia quería ir al lugar del incendio. Necesitaba confirmar que Arturo se encontrara bien y que nada le había ocurrido. Entre su mamá y su hermano, la convencieron para que no fuera. Quique le aseguró que habló con Arturo y que no tenía quemaduras que requerirían cuidado, solo un poco de tos por el humo.

Al día siguiente, temprano en la mañana, tan pronto los rayos del sol salieron, Arturo y Goyo regresaron a la playa a inspeccionar los daños del incendio. El olor a quemado y a humo dulce todavía flotaba en el aire. Los dos hombres sufrieron pequeñas quemaduras, nada significativo. La embarcación estaba casi destruida por completo. Reconocieron que no tenía arreglo; que era preferible construir una yola nueva. Arturo se llenó de rabia y se quejó de la mala suerte que lo acompañaba.

—¡Coño, ahora que nos iba bien en el negocio! ¿Por qué carajo nos pasa esto? —maldijo Arturo mientras se colocaba las manos sobre la cabeza.

—La vida siempre está llena de sorpresas. Hoy nos tocó a nosotros, pero estamos vivos y lo vamos a resolver. Tenemos que buscar madera en el monte. Ya tú verás —comentó Goyo.

—¡Tú no entiendes! ¡No tenemos chavos! No hay forma de resolver esta tragedia. ¿Con qué le llevo comida a la vieja? Tenemos que buscar trabajo —le gritó Arturo desesperado.

Los dos amigos se tiraron en la arena, frente a los restos de la yola quemada. Hablaron y buscaron alternativas para solucionar el problema que ellos mismos crearon. Arturo, como de costumbre, no habló mucho. Goyo fue el que insistió en la idea fabricar un nuevo bote.

La mente de Arturo divagaba. Era obvio que necesitaban una nueva embarcación si buscaban continuar con el negocio, pero le faltaban los recursos para construirla. Aunque entendió la idea de buscar la madera en el monte, le preocupaba el tiempo que invertirían en la elaboración de la yola. Para lograrlo, podían pasar meses y, mientras tanto, ¿de dnde ganaría dinero para vivir? Necesitaba ayudar económicamente a su madre. Ella, quien casi cumplía sesenta años, dependía de su ayuda, y no era una buena alternativa que ella siguiera en el oficio de lavar ropa. Se dio cuenta de que debía buscar un trabajo de inmediato, sin importar el lugar que fuera. Además, le preocupaba el regreso de Cecilia; no sabía cómo ella iba a reaccionar ante la nueva realidad que él enfrentaba. Se preguntó: "¿Cómo podré estar junto a ella? ¿Qué futuro le voy a dar sin un empleo?". Pensó que Carmelo solo tendría otra excusa para oponerse a la relación. Su mente lo traicionaba, y lo invadía de pensamientos negativos. Se le ocurrió que tal vez Cecilia no lo aceptaría ahora, que era más pobre que antes. Todas las ideas que una vez venció volvían poco a poco a presentarse ante él. Las enumeraba, y a cada una las aceptaba como válidas: "Ella es la hija del ferretero, y yo, un pobre pescador. La niña bonita del barrio, educada, inteligente, de buena familia, con trabajo y futuro. En cambio, yo no tengo na', sin educación, sin trabajo, sin dinero y sin futuro. Para colmo, perdí la yola de mi papá". Se sintió derrotado, con miedo. No quiso seguir la conversación con Goyo.

—¡Goyo, deja de soñar! ¡Estamos jodio's! Necesito buscar trabajo. ¿Tú no entiendes? —dijo Arturo en voz alta y se paró, alejándose del lugar.

—¿A dónde vas? A mí también me duele está perdida. ¡Escúchame!

Arturo no respondió. No sabía adónde ir, solo deseaba alejarse de aquel lugar. Caminaba, maldecía su mala suerte y apretaba los puños.

Esa misma mañana, Cecilia desayunó temprano y le comentó a su madre que visitaría la playa para ver los daños en la yola de Arturo. Juanita no se opuso, pero le pidió que volviera rápido. La joven caminó hasta los uveros, donde ocurrió el incendio, y encontró a Goyo sentado en la arena, con la mirada fija en los escombros de la embarcación.

—Buenos días. ¿Qué haces ahí? ¿Dónde está Arturo?

Goyo se sorprendió de ver a Cecilia tan temprano en la playa.

—Aquí, con los restos quemados de la yola de Arturo. Yo tiré la colilla, fue mi culpa. Él se fue hace unos minutos. Me dijo que necesitaba buscar otro empleo.

—¿Sabes a dónde fue?

Goyo no pudo ofrecerle más información a la joven. Se limitó a decirle que lo vio tomar el camino hacia el pueblo. Cecilia entonces vio que la yola se había quemado casi por completo. Deseaba encontrar a Arturo. Sin embargo, no tenía idea de a dónde pudo haber ido. Regresó a su casa. A las nueve de la mañana, tenía cita para llenar la solicitud de maestra con el administrador de instrucción. En su interior, le preocupaba Arturo. No podía dejar de pensar en el dolor que representaba para él la pérdida de su embarcación. A eso de las ocho y treinta, Jacinto estacionó el carro público frente a la ferretería y sonó el claxon. Carmelo coordinó con el chofer para que los llevara al pueblo. A Cecilia le sorprendió que su padre quisiera acompañarla, aunque no le molestó ir con él. Pensó que, de esa forma, no estaría sola durante su visita a la oficina de Armando.

Arturo caminó hasta el Peñón Brusi, bordeó la orilla de la playa y llegó a la desembocadura del río, sin dejar atrás aquellas ideas confusas que habitaban en su mente. Buscaba alternativas y contestaciones a sus interrogantes, pero nada parecía tener solución. Permaneció un largo rato en silencio, con su vista fija en las aguas turbias que se mezclaban con las azules del mar. Conocía aquel lugar, había pescado allí cientos de veces: era la colindancia con el pueblo de Hatillo. Decidió ir al negocio de El Polvorín y darse un trago de ron para ver si los pensamientos se le aclaraban. Eliezer, "el Negro", silbaba parado en la puerta del colmado cuando Arturo llegó. Ya sabía del incendio y de la pérdida de la yola. Sin embargo, decidió no hacerle preguntas sobre el tema del fuego. Se fue detrás del mostrador, y esperó a ver qué buscaba el joven. Arturo pidió un palo de ron grande. Eliezer se lo sirvió color oro, como fue su preferido de la noche anterior. Arturo se lo tomó completo de un solo sorbo, sacudió la cabeza y fue a sentarse sobre el saco de maíz que estaba en la esquina del mostrador. Miraba el techo del negocio como si estuviera en la pesca de ideas. Al dueño del local le preocupó ver al joven pescador en busca de licor tan temprano. Arturo no era de esos clientes que llegaban en la mañana a beber. De hecho, raras veces lo vio tomar tanto como lo hizo la tarde anterior.

Pasaron unos minutos, y Arturo volvió a pedir, pero esta vez deseaba la caneca de ron completa. Eliezer lo exhortó a que tomara las cosas con calma, aunque colocó la botella de licor sobre el mostrador de madera. Arturo no habló, solo tomó la caneca y regresó a la esquina donde se había sentado. Sin embargo, no bebió; simplemente miró la bebida de ron oro, y la dejó a su lado. Fue en ese momento cuando llegó Teodoro López, montado sobre un caballo cenizo. Aquel hombre era el capataz en la finca de los Cardona. Era un tipo alto, flaco, mal afeitado y cabezón; tenía un ojo bizco y un bigote abultado. Vestía todo de caqui, con mangas largas y unas botas negras altas hasta las rodillas. Llevaba en la mano un fuete de color marrón que usaba para fustigar al caballo. Arturo lo vio bajarse del animal y caminar hasta la tienda. Era un viejo amigo de su padre, que llegó a visitarlos en la casa en varias ocasiones. Tenía fama de ser un capataz de voz mandona y porte arrogante, que obligaba a los obreros a trabajar largas jornadas. Teodoro se paró frente al mostrador, pidió un cuarto de tabaco de mascar y, en eso, notó la presencia del hijo de Julio.

—¿Por qué no estás pescando hoy? ¿Qué pasa?

Arturo pensó que no había pasado tanto tiempo para que Teodoro supiera de lo que aconteció la noche anterior. Así que, le relató en detalles cómo perdió su yola en cuestión de minutos, a manos de las llamas. Le contó su desdicha, y el capataz le hizo varias preguntas; incluso, quiso saber sobre la salud de doña María. El joven contestó a cada una y mencionó que su mayor preocupación era su mamá. Necesitaba trabajar para ayudar con los gastos de la casa y, al mismo tiempo, reunir algunos dólares que le permitieran construir una nueva embarcación. Teodoro apreciaba al muchacho, y pensó que podía ser útil en la hacienda. Movió la cabeza en afirmación, y con voz recia le dijo:

—¿Quieres trabajar en la finca?

Le ofreció trabajo en el desyerbo de las orillas de las piezas de caña, y le prometió que habría otras oportunidades cuando comenzara la zafra. Arturo agradeció la ayuda y se comprometió a comenzar al día siguiente. La propiedad de los Cardona no se encontraba muy lejos de la casa del joven, aunque a pie le podía tomar cerca de una hora y media. Teodoro le sugirió que se podía quedar en el rancho donde vivían los otros obreros. Arturo lo vio como una buena idea que evaluaría una vez comenzara a trabajar ahí. Se dieron la mano y formalizaron el acuerdo. Teodoro mascó un pedazo del amargo tabaco que compró, montó el caballo y regresó a la hacienda.

Arturo sonrió por primera vez en aquel día. Pensó que la oferta de trabajo en la finca de los Cardona cambiaría su vida. Esa oportunidad inesperada le devolvía el ánimo para estar junto a Cecilia. Necesitaba verla para contarle sus nuevos planes que le permitirían compartir con ella un mañana lleno de felicidad. Tenía razones para celebrar: primero, el regreso de su gran amor a la Bajura y el compartir que tuvieron la tarde anterior en la playa. Y además, consiguió un empleo que le permitiría ganar dinero con el que podría construir su nueva embarcación. Tendría los recursos para prometerle a Cecilia un futuro positivo a su lado. Buscó su caneca de ron oro, y tomó varios sorbos para festejar.

Mientras tanto, Cecilia y su papá llegaron al pueblo. Pocos metros antes de arribar a la entrada de las oficinas del administrador, Carmelo dio una excusa a su hija para no acompañarla al despacho de Armando. Mencionó que iría a ver al médico en tanto ella completaba la solicitud de empleo. Cecilia se quedó callada, pero no le agradó del todo aquella idea. Su padre seguía con una fuerte tos y le parecía imprescindible que visitara al doctor, aunque pensó que él actuaba impulsado por otra motivación. Durante el camino, Carmelo le enumeró múltiples veces las cualidades de Armando: su seriedad, educación, prestigio y el hecho de que el joven estaba soltero. Era obvio para ella que su progenitor buscaba llamar su atención hacía aquel hombre que él tanto admiraba. En cambio, Cecilia solo pensaba en Arturo, en el dolor que tendría al enfrentarse a la pérdida de su yola. Aún faltaban unos minutos para las nueve cuando la joven entró al edificio. Se encontró de inmediato con Armando, quien vestía un conjunto de chaqueta y pantalón gris oscuro muy elegante, con una camisa blanca y un lazo azul marino. Sujetaba en la mano derecha un reloj de oro que colgaba de una fina leontina. En la solapa de su traje, llevaba una pequeña insignia masónica que mostraba el ícono de una escuadra sobre un compás.

—La esperaba, veo que usted es muy puntual —comentó Armando a la vez que extendía su mano para saludar a la joven.

—Hola, don Armando. ¿Cómo está usted?

—No me diga don Armando, usted me puede llamar por mi nombre.

El joven educador la invitó a pasar a su oficina. Durante el recorrido por el edificio, le presentó a sus compañeros de trabajo. Los llamó a cada uno por sus nombres. Al presentarlos, los halagó con un breve comentario sobre su trabajo y su personalidad. Entraron a la oficina, y dejó la puerta abierta. Él se adelantó y haló una silla para que ella pudiera sentarse. Sobre el escritorio se observaban varios libros, carpetas, papeles y un ejemplar del periódico *El Mundo* de 1937, que mostraba en su portada un artículo sobre la Masacre de Ponce. Todo lucía limpio y muy bien organizado. Armando le entregó los documentos necesarios para llenar la solicitud de nuevos maestros. Ella se fijó en el periódico, y de inmediato le hizo un comentario.

—El titular lee "Aumentan a quince los muertos en Ponce". Debería decir que lo de Ponce fue una matanza del gobierno, con la intención de eliminar a los seguidores del movimiento nacionalista en la isla —opinó ella y agarró el periódico con la mano derecha.

—Estoy de acuerdo con usted, Cecilia. La realidad fue que, ese día, asesinaron a diecinueve inocentes, y más de doscientos fueron heridos. Los Cadetes de la República marchaban desarmados; los oficiales de la policía insular no tenían razón para dispararles. Conseguí ese periódico viejo porque estoy trabajando en un artículo en el que muestro por qué realmente sucedió el vil asesinato.

—¿De veras? Me gustaría leerlo. ¿Qué vas a hacer con él?

—Lo quiero publicar. Me puede ayudar, si gusta.

—Claro que sí. Hay que desenmascarar a los culpables.

—Hay mucho más que contar. Ya lo verá.

—¿Sabía que el gobernador Winship fue el que le dio la orden a la policía para que abriera fuego? Ese es el verdadero asesino —argumentó ella con voz enérgica.

Conversaron por casi media hora acerca de la masacre, y Armando se comprometió a compartir su escrito con ella en los próximos días.

Luego, retomó el tema de la solicitud, y Armando le explicó los detalles de la información adicional que se requería. Le ofreció su pluma fuente para que completara los documentos. Ella hizo algunas preguntas relacionadas con el proceso de reclutamiento mientras se concentraba en llenar el formulario. Cecilia escribía sentada con la espalda erguida; Armando la observaba con disimulo, fascinado. Observó sus manos blancas, delicadas; su cabellera oscura, ondulada; y el rostro hermoso de cejas gruesas que se arqueaban sobre sus ojos color avellana. Le pareció que la joven lucía hermosa en su vestido marrón claro, modesto, pero adornado con un delicado cuello de encaje blanco. En varias ocasiones, Cecilia levantó la cabeza y se dio cuenta de aquella mirada fija que la examinaba. No dijo nada. Solo trató de avanzar en proveerle la información. Armando la notó incómoda con su examen visual y, para disimular la situación, le habló sobre los pasos a seguir en el proceso de nombramiento. Verificó los datos provistos por ella, y mencionó que, dentro de un par de semanas, tendría todo el expediente completado. Fue precisamente en ese instante que Carmelo llegó a la oficina. Los interrumpió como si mantuvieran una sencilla conversación en la sala de su casa. Tocó con los nudillos en el marco de la puerta, y entró.

—Perdonen que los interrumpa, quería avisarle que, este viernes, usted está invitado a cenar en casa. Tal vez Cecilia ya se lo comentó —dijo Carmelo y le extendió la mano para saludarlo.

—Aún no lo ha dicho, pero me encantaría visitarlos de nuevo —respondió Armando mientras se levantaba y saludaba al recién llegado.

—Lo esperamos entonces el viernes, como a las cinco de la tarde. Los dejo para que ustedes terminen de hablar. Hija, cuando termines me encuentras en la plaza —resumió el hombre, y salió de la oficina.

Armando le mencionó a Cecilia lo especial que era Carmelo; que le recordaba mucho a su padre, por su tono de voz enérgico y lo amigable que era. Los dos jóvenes hablaron por cerca de diez minutos más, y quedaron en reunirse a principios de julio para atender cualquier asunto pendiente. El administrador le explicó que el nombramiento sería para la escuela Laurentino Estrella, la unidad elemental que se ubicaba a la salida del pueblo de Camuy. Se despidieron, y Cecilia salió en busca de su padre. Lo encontró en la esquina izquierda de la plaza, casi frente a la Parroquia San José, donde hablaba en voz alta sobre algunos asuntos relacionados a la política. Su interlocutor era un señor bajito, calvo, medio gordo, de barba blanca y con lentes. Al ver a su hija, Carmelo se despidió del hombre y caminó junto a ella hasta la plaza del mercado para comprar unas viandas que Juanita le encargó. Cecilia no pudo quedarse callada y, antes de llegar al puesto de viandas, protestó por la invitación que su padre le extendió a Armando. No entendía por qué él quería invitarlo de nuevo. Su padre se limitó a decir que consideraba a Armando un buen amigo al que apreciaba, y era una forma de agradecerle por la ayuda desinteresada que le había brindado a ella. Cecilia no debatió el comentario, reconoció el valor de aquel apoyo y cambió el tema de conversación.

—Papá, ¿qué le dijo el médico?

—¡Muchacha! Que todo está bien, y que esto es pasajero —mintió Carmelo para no decir que ni siquiera entró a la oficina del doctor Alum.

Cerca de la una de la tarde, regresaban a la casa en el carro de Jacinto. La joven aprovechó el viaje para buscar algún rastro de Arturo. Iba pegada a la ventana y miraba a todas partes. Pasaron frente al colmado El Polvorín, donde Carmelo saludó a "el Negro", quien estaba parado en la puerta del establecimiento y observaba el camino hacia el Peñón Amador. Unos kilómetros más adelante, Jacinto reconoció la silueta de un hombre que caminaba sin equilibrio por el medio del trayecto, sin apenas poder sostenerse de pies. Sorprendido ante aquella situación inesperada, frenó en seco el carro y asomó la cabeza por la ventanilla.

—Ese muchacho es Arturo Santiago.

—No, no. No te detengas. Pásale por el lado y sigue para casa —reaccionó Carmelo.

Cecilia le gritó a Jacinto.

—¡Espera! Algo le pasa —clamó ella, abrió la puerta trasera del auto y corrió al lado del hombre que amaba.

Arturo intentaba caminar, pero estaba tan mareado que apenas podía dar un paso sin perder el equilibrio. Sudaba profusamente, y llevaba la camisa amarada con un nudo a la altura del ombligo mientras balbuceaba una canción incoherente. No se percató de la proximidad del automóvil. Había bebido toda la mañana y, en ese momento, pasada la una de la tarde, estaba tambaleándose sin rumbo fijo. Justo cuando Cecilia se acercó a él, intentó mirar hacia atrás y cayó con estrépito en medio de la carretera. Asustada, ella gritó su nombre. Trató de levantarlo. En eso, llegaron Carmelo y Jacinto, quienes asistieron al joven para que se pusiera de pie, pero no se sostenía. Sus piernas se le doblaban como las ramas frágiles de un árbol. Murmuraba palabras sin sentido, lucía desfallecido y se bamboleaba de un lado a otro. De repente, parecía que el cerebro le daba órdenes a su estómago para que se contrajera y expulsara el exceso de alcohol que almacenaba en las entrañas. Vomitó un líquido baboso, y su cuerpo quiso volver al suelo. Decidieron sentarlo debajo de un flamboyán que vieron a la orilla del trayecto arenoso. Cecilia se acercó al lado del joven, y el fuerte olor a ron que emanaba de su boca la golpeó con ímpetu. A pesar de la grotesca escena que atestiguaba, corrió hasta su cartera, buscó un pañuelo, volvió, y le limpió el rostro con cariño y delicadeza. Carmelo le ordenó a su hija que regresara al auto. Ella ignoró su requerimiento. Justo en ese instante, Arturo pareció volver en sí, reconoció a Cecilia y extendió los brazos sobre ella como si intentara abrazarla.

—Cecilia Amador, la mujer que amo. Vamos a bailar… Dame un beso —masculló Arturo a la vez que se acercó con torpeza a la joven y trató de besarla en la boca.

Avergonzada, al verse en una situación tan deshonrosa en presencia de su padre, la joven detuvo con los brazos el avance de Arturo. Carmelo, que observaba la escena desde cerca, se le lanzó encima y lo empujó para que soltara a su hija.

—¿Que estás haciendo, canto de pendejo? ¡A mi hija la respetas! —gritó con coraje Carmelo—. Deja a ese borracho tirado ahí y vámonos.

Arturo sacudió la cabeza, abrió los ojos y miró de frente por unos segundos al hombre que lo empujó.

—¡No me toques! Te conozco… Por tu culpa murió mi padre, eso no lo perdono —respondió envalentonado por la borrachera, y volvió a extender los brazos con la intención de acariciar a Cecilia.

—¡Coño, que te estés quieto! ¡Deja las estupideces! —increpó Carmelo fuera de control y lo estrelló contra el árbol.

—¡Papá! ¡Por favor, no haga eso! —reaccionó la joven preocupada.

Arturo se recostó sobre el flamboyán. Dejó caer los brazos, cerró los ojos y apoyó la cabeza en sus hombros. Apenas se le escuchó susurrar en voz baja: "Cecilia, te amo..." Yo nunca te voy a dejar, eres mi reina…". En ese momento llegó Goyo, quien había buscado a su amigo por más de una hora. Jacinto le advirtió que Arturo estaba muy borracho y que no podría caminar bajo aquel estado de intoxicación. Goyo se inclinó al lado del joven, intentó llamarlo varias veces por su nombre, pero parecía que la combinación del exceso de tragos, la falta de sueño, la brisa y la paz que sintió al recostarse del árbol provocó que se durmiera profundamente.

—No se preocupen, que yo me encargo. Arturo no es un hombre de beber, pero está dolido por todo lo que le ha pasado —dijo Goyo.

—Espera. Papá, ¿lo podemos llevar en el carro hasta su casa?

Carmelo inhaló hondo, exhaló fuerte, movió la cabeza de un lado a otro para decir un "no" rotundo. En ese instante, pensó en doña María, en el respeto que sentía desde hacía tantos años por ella. Ninguna madre merecía sufrir por los desmanes de un hijo. Miró a Jacinto, y cabeceó hacia arriba, indicándole al chofer que ayudara a Goyo a llevar el joven al asiento trasero del auto.

—Cecilia, tú te sientas conmigo en el asiento del frente —requirió Carmelo.

Carmelo estaba enfurecido. Pensó por un instante en quedarse ahí a pies con su hija antes de tener que montarse en el mismo vehículo con aquel estúpido borracho, pero no le daría el gusto de que lo vieran allí en el camino, en espera de un carro. Al verlo tirado en el asiento trasero, se dio cuenta de que no era más que un bulto viejo, una basura que no significaba nada.

Un silencio inmenso reinó en toda la travesía hasta casa de doña María. El papá de Cecilia iba molesto con el borracho por los disparates que decía y por haber tratado de tocar a su hija. Cecilia, por su parte, contemplaba con tristeza el cuerpo torcido del hombre que amaba. En cuanto llegaron, Goyo se ocupó de cargar a su amigo adentro de la vivienda. Lo acostó en el catre, le explicó a María que había encontrado a Arturo borracho en la carretera, y le pidió que lo dejara dormir por un buen rato.

Jacinto devolvió a Carmelo y a Cecilia a la casa de ellos. El ferretero se mantuvo un momento afuera para pagarle al chofer. Al entrar por el balcón, se dirigió en busca de su hija, quien había corrido a su cuarto tan pronto se bajó del carro. Carmelo fue directo a la habitación de la joven, abrió la puerta y, con su acostumbrado tono de voz autoritario, le manifestó:

—¿Te diste cuenta del desastre en el que te has metido? ¿Esa es la vida que tú quieres? ¿Vivir con un borracho, con un don nadie? Yo no me equivoqué cuando te dije que ese pendejo no te convenía. Espero que ahora lo entiendas.

—Tú no ves la situación que enfrenta. Perdió la yola, debe estar desesperado. Le pudo haber pasado algo más y no sabemos.

—Sí, que es un irresponsable —respondió, y se retiró del cuarto.

Esa noche, la joven solo lloró. Aunque defendió el comportamiento de Arturo frente a su padre, seguía sin entender por qué se emborrachó de aquella forma. Quería saber por qué no la buscó para desahogarse y compartir sus desgracias. Ella estaba dispuesta a consolarlo y ayudarlo de cualquier manera posible.

Arturo no despertó hasta la madrugada. El ruido escandaloso de sus ronquidos compitió con el canto de los coquíes y con el chirrido penetrante de un grillo que llamaba desesperado a su hembra toda la noche. Ya casi amanecía cuando el joven pescador abrió los ojos. Su cabeza daba vueltas, tenía la boca seca, el cuerpo empapado de sudor, y no recordaba cómo llegó a la casa. Solo sabía que el día anterior bebió mucho; lo último que recordaba era que salió de El Polvorín. Aunque con dificultad, también recordó que vio a Teodoro López, el capataz. ¿Qué pasó después que salió del negocio? ¿Dónde estuvo y cómo llegó hasta la casa? Eran detalles que, por más que trató, no pudo encontrar en su mente. La mamá se levantó antes que él, preparó café y, en la parte de atrás de la casa, llenó una ponchera de agua.

—Vete, lávate la cara y las manos, que no estoy contenta contigo —ordenó María.

Arturo sentía que su cabeza daba vueltas, caminó despacio y cumplió las órdenes de su madre. Durante el desayuno, María aprovechó y, como en los viejos tiempos, cuando su hijo se escapaba sin permiso para la playa, regañó al muchacho por la conducta que había exhibido en los últimos días. A ella no le agradaba dar las reprimendas. Sin embargo, pensó que ante la ausencia de Julio, ella debía ser quien le llamara la atención por los errores cometidos. Le dolió ver el estado en el que lo habían traído a casa la tarde anterior.

—Mijo, qué triste fue ver cómo Goyo te subió a la casita y te acostó en el catre. Si tú supieras el dolor que me dio verte así. Pero más triste se veía el rostro de la niña Cecilia que te miraba desde el carro de Jacinto.

—¿Cecilia? ¿Ella estuvo aquí?

—Goyo me dijo que te encontró to' borracho en el camino y que, por desgracia, Jacinto, don Carmelo y Cecilia se habían para'o en la carretera al verte así. ¡Qué vergüenza, hijo mío! Te montaron en el carro y te trajeron hasta aquí. Cecilia venía con ellos.

Arturo se puso pálido, buscó intranquilo en su mente esos instantes, pero no lograba recordar nada. Pensó seguro que Goyo podría darle más detalles. Necesitaba encontrarlo para entender todo lo acontecido.

—Mijo, el alcohol no resuelve na'. Es más, lo enreda to' —comentó María.

Arturo, avergonzado bajó la cabeza y le prometió a su madre que nunca más volvería a probar el licor. Le mencionó la nueva oportunidad de trabajo que le habían ofrecido, sin darle los datos de la finca ni del lugar donde estaba ubicada. Pensaba que era una buena propuesta; quería probar suerte en aquel empleo. Justo en ese momento, recordó el compromiso que realizó con el capataz de la hacienda. Se tiró una camisa por encima, besó a su madre y corrió rumbo a la propiedad de los Cardona. El camino le pareció una pesadilla. Cada paso que daba retumbaba en su cabeza como una campanada, el estómago le dolía y el calor del día lo sofocaba. Los efectos de la borrachera todavía se hacían presentes. Le tomó un poco más de una hora y media llegar a la casona principal de la propiedad. Ahí encontró a Teodoro, quien se alegró de verlo, y rápido le enumeró las reglas que todos los obreros debían seguir. La jornada de trabajo empezaba a las seis de la mañana, de lunes a sábado. No se le permitía a nadie llegar tarde o faltar a su labor, sin excepción. La hora de salida era a las seis de la tarde, excepto los sábados, que era el día de pago y la faena finalizaba al mediodía. Como desyerbador, el pago sería de $0.95 por la jornada diaria, y aumentaría a $1.10 cuando empezara la zafra como cortador de caña.

—Arturo, trabajarás de lunes a viernes en el desyerbo, y los sábados en la tarea de ordeño. Así, ganarás buen dinero —explicó Teodoro y le dio unas palmadas en la espalda al joven.

Por un instante, los ojos de Arturo se quedaron fijos en el cañaveral cercano. Le pareció una marea alta y verdosa que pronto se convertiría en su nueva playa. Agradeció al capataz por la oportunidad, y le pidió permiso para quedarse durante la semana. Dormiría en el rancho de los obreros, en una choza cerca del área de ordeño, hecha en paja con varas de monte, y con el piso en tierra. De esa manera, se aseguraba de comenzar a las seis de la mañana sin retraso alguno. Por aquel día, Teodoro le prestó una azada, pero le exigió que se comprara una lo antes posible. Llevó al nuevo empleado a la orilla de la pieza de caña para integrarlo al grupo de los desyerbadores. Le pidió a Mingo, el más experimentado de los cuatro obreros, que se encargara del muchacho. Arturo batalló con la azada hasta que el sol se ocultó, y regresó cerca de las ocho de la noche a su casa. Decidió no quedarse en la finca, como le solicitó al capataz, porque necesitaba buscar ropa en su casa. Además, a pesar del cansancio y lo que suponía emprender el camino de regreso a oscuras, prefirió hacerlo para hablar con Goyo y entender lo que pasó la tarde anterior. Para su sorpresa, Goyo hacía rato que lo esperaba en el patio del hogar. Había conseguido un empleo temporero con otro de los pescadores, y deseaba contarle de su nuevo jefe. También tenía información de todo lo que sucedió cuando Jacinto y Carmelo lo encontraron borracho en el camino. El chofer le contó en detalle los eventos de esa tarde. Mientras esperaba, conversó con María sobre la figura en madera de la Virgen del Carmen que decoraba la tablilla de la sala. María mencionó que fue un encargo que le hizo su esposo, mucho antes de fallecer, a un gran tallador de santos llamado don Florencio Cabán. Todos lo conocían como "el Santero de Abra Honda", en referencia al barrio donde se encontraba la Iglesia de Piedra. Desde que Julio le regaló aquella imagen, ella la ubicó en la tablilla de la sala con flores y una vela blanca a su lado.

—La patrona de los pescadores se encarga de regresarlos a todos ustedes sanos y salvos — argumentó María.

Arturo llegó, saludó a su madre y le hizo señas a Goyo para que lo siguiera. Tenía hambre, pero necesitaba hablar con su amigo.

—Voy a calentar la comida. No te vayas —pidió María, y se dirigió a la cocina.

Los jóvenes caminaron hasta la entrada del patio y ahí conversaron. Goyo le relató de su nuevo proyecto con uno de los pescadores y también del triste espectáculo que les ofreció a Cecilia y a su padre el día anterior. Le narró, de la misma forma que Jacinto le contó a él, cómo lo encontraron en el camino; la borrachera, el vómito, el abrazo, y el beso que trató de darle a Cecilia. También, mencionó que Carmelo lo estrelló contra un árbol, y que lo trajeron a la casa en el carro de Jacinto, a petición de Cecilia. Por último, habló de lo asustada y preocupada que estuvo la joven durante el vergonzoso evento y de la mirada triste en su cara cuando él lo cargó hasta la casa.

—Hiciste el ridículo y abochornaste a Cecilia. Debes excusarte con ellos. Todos en el barrio saben que tú no eres un borrachón. Cecilia lo entenderá. Tienes que hablar con ella —argumentó Goyo.

Le pareció increíble lo que escuchaba, pero no recordaba nada de lo que Goyo acababa de relatarle. Sintió un escalofrío en todo su cuerpo y una preocupación por sus acciones. Jamás hubiese querido que su amada lo viera en aquellas circunstancias. Se dio cuenta que no podía hacer nada para reparar el daño y la confusión que generó en el corazón de Cecilia. Una nube de vergüenza se apoderó del joven, ahora angustiado por lo que ella pudiera pensar de él. Entendió que todo lo ocurrido se convertía en otro obstáculo que lo alejaba de estar junto a la mujer que siempre había querido. Al mismo tiempo, un miedo gigantesco le impedía encontrar alternativas que resolvieran su problema. No podía cambiar lo sucedido: perdió la yola, su único medio de ganarse la vida, y también arruinó su relación con Cecilia por su comportamiento irresponsable. Volvió a sentirse derrotado, sin saber cuál rumbo seguir. Ofendió a la única mujer que amaba, quien apenas unas horas antes le había confirmado su amor. Abrumado, le expresó a su amigo su turbación.

—No sé qué hacer. Me siento perdido…

—Seguir adelante. Habla con Cecilia, aclara las cosas. No te puedes rendir —aconsejó Goyo con voz optimista.

En la mente de Arturo reinaba el desconcierto. Estaba sumergido en una batalla consigo mismo, traumatizado, y solo veía una alternativa: refugiarse en la finca de los Cardona, alejarse de Cecilia, a pesar del amor que vibraba en su corazón, para así buscar la forma de esclarecer sus dudas y temores. No tenía el valor para aclararlo todo frente a ella. No respondió al comentario de Goyo, y cambió el tema; le habló de su nuevo trabajo y de la paga que recibiría. Le explicó que, por las próximas semanas, no regresaría a su casa. Le pidió que estuviera pendiente de su madre durante su ausencia. Además, le solicitó de favor que lo visitara los domingos. De esa forma, podrían hablar de la construcción de la yola, de lo que supiera de Cecilia y, a la vez, lograría enviar dinero a doña María para pagar las necesidades de la casa.

—Goyo, prométeme que, si Cecilia te pregunta, no le dirás dónde estoy. No quiero que me vea por ahora —le rogó el joven a punto de romper en llanto.

Goyo no discutió con su amigo y respetó su pedido. Le respondió en voz baja: "¡Te lo juro, hermano! Puedes contar conmigo". La conversación no fue muy larga, y los amigos se despidieron. Arturo estaba cansado; sentía hambre. Subió a la casa y comió un plato de viandas hervidas que María le había preparado. Debía levantarse temprano para volver al desyerbo el día siguiente. Antes de acostarse, le mencionó a su madre sus planes de quedarse por un tiempo en la hacienda donde lo emplearon. No le ofreció ningún dato del lugar. Le explicó que, de esa forma ella no tendría que mentir si alguien le preguntaba por él; en especial, por si Cecilia le solicitaba información. Era suficiente con saber que trabajaría en una finca lejos de la Bajura.

María entendió la vergüenza y el sufrimiento que experimentaba su hijo, el gran dolor que su muchacho albergaba en el alma; era uno de esos traumas que no se quitan con remedios, y que hay que vivirlos lento, hasta el fondo. Al día siguiente, Arturo se levantó como si fuera a pescar, tomó el bulto de ropa junto con el termo repleto del caldo de pescado, y se despidió de su madre. Buscó el machete, la azada que su padre usaba en la tala y que tenía en la parte de atrás de la casa, y se dirigió por el camino de piedra rumbo al cañaveral verde.

Cecilia olvidó toda la alegría que le produjo su cita con Armando; la felicidad de regresar a Camuy se desvaneció, y su entusiasmo por dar clases parecía perdido. Aquella escena dramática de ver a Arturo borracho, tirado en el piso, no se apartaba de su mente. Había soñado mil veces con un primer beso: apasionado, una imagen tranquila, llena de amor, pero nunca sospechó que ese momento se convirtiera en una pesadilla, un recuerdo desagradable, un bochorno que tendría que vivir frente a su padre. Ella no encontraba qué hacer. Se mantuvo casi todo el día en el balcón de la casa, en espera de ver a Arturo en la playa. Necesitaba escuchar una explicación de todo lo que ocurrió para entender lo que pasaba por la mente de su amado pescador. Pensó en visitar a María en su casa; luego, cambió de idea. Confundida, esperó hasta las tres de la tarde. Caminó por la playa, evidentemente ansiosa, pero el joven nunca apareció. Al día siguiente, en cuanto el reloj marcó las ocho de la mañana, corrió a la casa de María en busca de Arturo. Estaba desesperada. Al llegar, encontró a la mamá, quien barría el patio apesadumbrada. Intentó disimular su nerviosismo en vano, terminó lanzando todas sus preocupaciones a la vez: "¿Cómo está? ¿Arturo se encuentra aquí? ¿Se siente bien? ¿Lo puedo ver?". La señora no tenía información específica de dónde se encontraba su hijo y, en un tono melancólico, respondió a las inquietudes de la joven.

—Ay, mi niña, mi muchacho está bien. Abochorna'o por to' lo que pasó. Se fue a trabajar lejos por un tiempo en lo que arregla la yola.

Cecilia trató de obtener detalles sobre el paradero de su amado, y volvió a realizar más preguntas: "¿Pero a dónde se fue a trabajar? ¿Qué está haciendo? ¿Cuándo regresa? ¿A qué hora llega a la casa?". Ninguna de sus interrogantes recibió una contestación clara. La madre del pescador le explicó que ella no conocía la finca donde su hijo estaba empleado. A pesar de que Cecilia insistió por saber cuándo regresaría Arturo, María no le proporcionó información adicional. La joven se despidió de la mujer, y regresó mucho más angustiada de lo que se sentía antes de salir de su casa. Iba por el camino de arena que regresaba a la playa del Peñón Amador, sumergida en su tristeza como si hubiera perdido una parte de ella misma, sin rumbo ni saber qué hacer.

El viernes por la tarde, Armando Sotomayor visitó por segunda vez el hogar de Cecilia. Llegó temprano, ataviado con chaqueta y lazo, como vestían los maestros de la época. Su conversación durante la cena fue distinta a la primera vez. Cecilia apenas habló;

solo se limitó a contestar las preguntas que les dirigían. No hizo comentarios, ni quiso averiguar nada nuevo. Comió en silencio, como si su mente estuviera distraída de la vida que la rodeaba. En esa ocasión, Carmelo y Juanita fueron los que mantuvieron la conversación y ofrecieron sus comentarios sobre los temas que discutieron. El joven educador no tardó en notar que algo extraño le sucedía a la hija de su amigo. Buscó animarla, y pensó en la conversación tan entretenida que tuvieron en la oficina. De hecho, había traído el borrador de su artículo relacionado con la Masacre de Ponce. Mientras tomaban el café, Armando le entregó su escrito. Quería conocer qué ella opinaría sobre su trabajo.

—Cecilia, comencé mi ensayo con la reseña que publicó el periódico *El Mundo* en su portada dos días después de los sucesos —indicó Armando al mismo tiempo que le señalaba el inicio de su texto.

—Es un gran comienzo. Muestra lo que habíamos hablado —expuso Cecilia, y procedió a leer en voz alta la primera línea—. "La policía, por orden de Blanton Winship, el gobernador estadounidense impuesto en Puerto Rico para el año 1934, abrió fuego contra una marcha pacífica de nacionalistas que conmemoraban la abolición de la esclavitud". Me gusta.

El tema político llamó la atención de la joven, quien ojeó despacio las cinco páginas del escrito con un deseo genuino de leer su contenido. Carmelo, a pesar de que no compartía el interés del joven por el nacionalismo, comprometió a su hija con la lectura del ensayo.

—¿Por qué no le dejas el escrito a mi hija para que lo lea esta noche? Mañana podrían reunirse para que ella te dé sus impresiones —se apresuró a decir el papá sonriéndole.

Cecilia no tuvo otra opción, y acordó leer aquellas páginas esa misma noche para darle sus observaciones el día siguiente. Además, respaldó la iniciativa del joven educador, y le mencionó su interés por conocer a los líderes nacionalistas del pueblo de Camuy. La conversación fluyó y, aunque lento, el ánimo de la joven mejoró. Se involucró un poco más en la plática, y hasta argumentó contra algunos de los planteamientos de su padre. Carmelo consideraba que era más prudente resolver los problemas sociales y económicos de la isla antes de tomar una decisión con el estatus político. Por el contrario, Cecilia y Armando compartían el ideal de conseguir la independencia de Puerto Rico, sin más retrasos. Al final de la conversación, la joven le agradeció a Armando por permitirle leer su artículo. Lo acompañó hasta el balcón, y se despidió con un suave apretón de manos que Armando prolongó con cierto disimulo, para sentirla cerca. Tan pronto él bajó por la escalera, ella fijó su vista en la playa. Se sintió incómoda consigo misma por haberse distraído, por no estar más pendiente de encontrar a Arturo. Buscó con una mirada afanosa por toda la orilla. La arena solo reflejaba el mismo silencio y soledad que sentía en su corazón. Caminó a su cuarto con el recuerdo nostálgico del joven pescador en su mente. Volvió a hacerse las mismas preguntas: "¿Dónde estaría? ¿Por qué no vino a verme antes de marcharse? ¿Qué fue lo que le sucedió? ¿Por qué se emborrachó?". Eran interrogantes sin respuesta, y necesitaba con urgencia recibir contestaciones a sus dudas. Decidió leer el ensayo sobre la Masacre de Ponce para distraer sus pensamientos. A pesar de que la lectura le interesaba, no podía dejar de pensar en cómo podría encontrar a su amado.

Cecilia no cesó en su búsqueda. Visitó la casa de Arturo por cerca de dos meses, sin perder la esperanza de encontrarse con él. Fue los lunes, miércoles y sábados, tanto en las mañanas como en las tardes, pero nunca dio con él. Aunque le dolía ver la angustia de la joven, la madre del pescador siempre ofreció la misma explicación. No poseía ningún otro dato, fuera de que su hijo trabajaba en una finca lejana. La joven preguntó a Goyo decenas de veces, en cada ocasión en que lo encontraba en la playa, y siempre obtuvo la misma respuesta: "Arturo se fue a trabajar lejos de aquí, es todo lo que te puedo decir. Él va a regresar pronto". Nadie le daba detalles sobre el paradero del joven pescador. Las ansias de verlo vivían en ella con una mezcla de coraje, dolor, frustración y tristeza al no conseguir ni una sola contestación. No alcanzaba a entender por qué se marchó sin ofrecerle una explicación; sin darle la oportunidad a ella de escuchar su versión de lo ocurrido, de buscar juntos alternativas para resolver los problemas que afectaban a ambos. Podía comprender que Arturo estuviera dolido y avergonzado por el asunto de la borrachera, pero en su mente, aquel evento no justificaba su ausencia, y menos la separación que forzaba con su comportamiento. Aun así, no perdió la ilusión de volverlo a encontrar. Juanita le ofreció palabras de aliento en más de una ocasión. Le aconsejó que se involucrara en su nuevo trabajo, que distrajera la mente y que hablara con otras personas.

—Ceci, en unos días tendrás que ir frente a tus estudiantes y mostrarte feliz. Es tiempo de cambiar, reír y estar alegre. ¿Qué tú crees? —aconsejó Juanita.

Cecilia, llena de recuerdos que no deseaba olvidar, alzó las cejas, suspiró, miró a su madre y asintió con una sonrisa forzada.

A Carmelo también le preocupaba la tristeza de su hija. En una ocasión, sentado en la mecedora del balcón, vio a Cecilia mirando a la playa en busca de su eterno enamorado. Decidió hablarle en su acostumbrada voz autoritaria, aunque realmente solo buscaba ayudarla.

—Cecilia, la vida a cada momento te presenta el encuentro de dos caminos, y uno tiene que escoger. El problema es que no podemos pararnos por mucho tiempo frente a esos cruces. Existe el peligro de que alguien nos empuje en la dirección que ellos desean seguir. La senda del borracho, del irresponsable, el que no respeta a las mujeres, aquella actitud que vimos en Arturo hace unas semanas, no es la correcta, y te puede arrastrar por un callejón que no te conviene. Entonces vivirás por siempre con la inquietud de no haber tomado tu propia decisión. Para colmo, él se desapareció sin darnos una disculpa. Tal vez se fue a emborrachar y a seguir de jarana por ahí. Te lo voy a decir bien claro, Armando promete un futuro distinto, un rumbo seguro y, sobre todo, estabilidad. Pero en la vida hay que decidir a tiempo. Hija mía, tú puedes y debes hacerlo, ahora que tienes un buen futuro por delante. Yo confío en ti.

Cecilia respiró profundo al escuchar aquellas palabras. Se limitó a decir: "Te escuché, papá". Sin embargo, dentro de ella, solo continuaba su inquietud por saber de Arturo y, a la vez, le molestaba la idea de que su padre seguía con la intención de controlarla. Ella no tenía dudas, entendía su comportamiento y sus comentarios recurrentes de lo bueno, honrado y educado que era el administrador de instrucción. No obstante, para ella la vida tenía un solo sentido: el amor de Arturo, con quien quería alcanzar la felicidad que tanto anhelaba. A pesar de eso, reconocía los atributos buenos de Armando, y le agradaba la idea de que llegara a ser su amigo.

Se cumplieron dos meses desde que Arturo se marchó. A pesar de la preocupación que no le permitía dormir, Cecilia puso toda su energía en los trámites relacionados con el empleo de maestra, y así completó los requisitos a tiempo. Armando le dio seguimiento a cada detalle de la solicitud, y consiguió que la joven educadora comenzara a dar clases sin retraso alguno. De hecho, el expediente de Cecilia se completó tres semanas antes de comenzar las clases en agosto de 1939. El joven administrador aceleró el proceso por dos razones: primero, necesitaba con urgencia a una maestra en la escuela elemental del pueblo; segundo, le atraía la hija de Carmelo. Armando no había sentido el revuelo del romance desde hacía cuatro años. Había pasado la mayor parte de su existencia estudiando, y luego en su labor escolar. Sabía muy poco o casi nada de los caprichos del amor. Además, Cecilia le parecía muy diferente a las otras mujeres que conoció. No solo le resultaba atractiva, sino también ella le intrigaba. Ya estaba convencido de que ambos tenían mucho en común.

Al comienzo de clases, Armando visitó la Escuela Elemental Laurentino Estrella con el pretexto de saludar a los estudiantes. La realidad era que ansiaba hablar con Cecilia. Llegó al salón de la nueva maestra con su acostumbrada elegancia: chaqueta, camisa blanca y lazo. Llevaba consigo un pequeño paquete envuelto en papel de estraza, atado con una cuerda de pita de color natural. Con voz madura y entusiasta, saludó a la profesora y a los alumnos. Pidió permiso para dirigirse a los niños y ofrecer un corto mensaje de bienvenida como preámbulo del nuevo curso escolar. Para sorpresa del grupo y de la maestra, terminó sus palabras con una breve narración de la fábula de Esopo, "La liebre y la tortuga". Escogió ese relato para recalcarles a los estudiantes la importancia de los conceptos de perseverancia y esfuerzo en la consecución de todo lo que se propusieran en la vida. Culminado su mensaje, aprovechó para hablar con Cecilia. Al saludarla, estrechó su mano con delicadeza.

—¡Hola, Cecilia! ¿Cómo está usted? —dijo Armando mientras esbozaba una sonrisa cordial con la mirada fija en los ojos de la joven.

—¡Encantada con su mensaje a la clase! Los niños lo disfrutaron. Estoy feliz porque tengo un grupo de veintitrés estudiantes —contestó ella con alegría.

—Me tomé la libertad y le traje un pequeño obsequio. Es el primer libro de poemas de Julia de Burgos, *Poemas en 20 surcos*. ¡Espero que le guste! —verbalizó Armando, atento a la reacción de la maestra.

Cecilia, sorprendida, abrió rápido la envoltura del regalo y le agradeció por el gesto.

—¡Gracias! ¿Cómo lo consiguió? No sabía que hubiese publicado un poemario.

—Por un amigo, me enteré de que Julia los estaba vendiendo para recaudar fondos con la intención de ayudar económicamente a su madre, y me di a la tarea de conseguirlo para usted. Además de su amor patrio, ella muestra en su poesía las injusticias sociales que vivimos.

—¡Mil gracias! ¡No lo puedo creer, tengo los poemas de Julia! Es una gran escritora y una gran mujer, con quien he tenido la dicha de compartir cuando me reunía con Las Hijas de la Libertad —agradeció Cecilia mientras hojeaba emocionada las páginas del libro, con la misma ilusión de una niña pequeña cuando recibe un regalo ansiado en el Día de Reyes.

—Cecilia, con todo el respeto que usted se merece, le quería preguntar si puedo ser su amigo.

—¡Claro que sí, don Armando! Usted me ayudó en todo este proceso de ser maestra. Yo se lo agradezco, y puede estar seguro de que me sentiría honrada en que usted fuera mi amigo.

—Entonces, le agradeceré que me llame Armando, a secas —pidió el hombre, e inclinó la cabeza con una mirada inocente, sonriendo, para buscar la confirmación de su argumento.

Intentaron continuar la conversación por unos minutos, pero el ruido de las voces y las carreras de los niños no lo permitió. Cecilia llamó al orden en el salón y, tras la corta pausa de silencio, se despidió de la visita. Antes de irse, el administrador le mencionó que le agradecería una próxima invitación para probar la comida de doña Juanita. Cecilia regresó a su clase, repartió un papel en blanco y les pidió a los estudiantes que dibujaran una liebre o una tortuga, y aprovechó esa oportunidad para reflexionar sobre el obsequio que acababa de recibir. Aunque lo vio como un gesto amigable de Armando, le pareció algo fuera de lo común. Pensó que podría transmitir un interés más allá de la amistad, una condición que a ella no le interesaba en lo más mínimo. Aun con la ausencia de Arturo, el doloroso recuerdo seguía presente en su corazón. Vivía con la esperanza de reencontrarse una vez más con el joven pescador. Entendió que debería ser prudente con la nueva amistad que le ofrecía Armando, se notó la incertidumbre en el gesto de sus labios, y decidió continuar con su clase.

Arturo llevaba cerca de cinco meses en la finca de los Cardona. En noviembre, al comienzo de la zafra, el capataz le honró su palabra de ofrecerle un mejor trabajo. Lo asignó como cortador de caña y le aumentó el salario a $1.10 por jornada.

—¡Arturo, la paga es buena! Te advierto que es una labor fuerte, y hay que doblar el lomo en el terreno. El patrón quiere que acabemos el corte no más tarde de finales de febrero. No aceptará retrasos —explicó Teodoro cuando le ofreció el puesto.

El joven aceptó el reto; pensó que sería como flotar en un gigantesco mar, uno que teñía de verde los llanos con las hojas finas del cañaveral. Se levantaba antes de las cinco de la mañana, entre el cantar de los gallos y los ladridos de los perros realengos. Desayunaba antes de las seis; ahora, solo se tomaba un café negro sin azúcar en vez del nutritivo caldo de pescado que solía prepararle su madre. A esa hora, el aire mostraba una frialdad engañosa. El rocío húmedo hacía que todo se sintiera fresco y tranquilo. Aquel era el momento de buscar el bejuco, atar el ruedo del pantalón a los tobillos, amararse los zapatos viejos y agarrar el termo de café. Luego, debía recoger el machete y el sombrero, sus instrumentos de trabajo, que lo protegían de los ataques de aquel pasto gigante de tallo macizo. Según se despertaba el sol, la mañana se iba transformando. El astro, tan amarillo como el corazón de la margarita silvestre, decía presente como un faro irradiando fuego sobre la piel. La humedad se evaporaba, y entonces la mañana se transmutaba en movimiento y luz ardiente. A las nueve, tomaba café negro y se comía un pedazo de pan con salchichón que solía comprar la tarde anterior en la tienda del barrio. Cortaba caña el día entero bajo un calor perverso que buscaba asfixiarlo. Trabajaba al ritmo de los gritos exigentes del capataz, quien, desde lo alto de su caballo, vigilaba que todos cumplieran con la labor asignada. Escuchaba las protestas de los obreros que guerreaban para abrir caminos con sus afilados machetes a lo largo y ancho del inmenso cañaveral. Y como si las dificultades fueran escasas, pasaba más de diez horas en lucha contra las picadas de los abayardes, las hormigas bravas y el ciempiés, así por igual contra la irritación que le causaba la hoja de la pringamoza. El sudor expulsado por su cuerpo era como un voraz oleaje salitroso que saturaba su ropa y le nublaba su vista. De repente, algún machetazo levantaba un polvo oscuro que llegaba hasta su rostro y le hacía probar el sabor a tierra fértil. Almorzaba lo poco que enviaban en las fiambreras desde la hacienda. En ocasiones, recibía sopa de fideos; otras veces, arroz con habichuelas y, de vez en cuando, vianda con bacalao. Servían poco, aunque todo siempre venía bien caliente. Treinta minutos más tarde, retornaba al trabajo, no sin antes amolar su sable.

Pasadas las cinco de la tarde, regresaba maloliente, cansado y adolorido; arrastraba los talones hasta la casa grande. Una palangana de agua lo esperaba detrás del rancho para bañarse. Comía un poco de lo que sus compañeros preparaban. Se acostaba temprano; solo Cecilia y el apremiante deseo de regresar a la playa ocupaban su pensamiento. Descubrió rápido cuán arduo era ser cortador de caña, y aprendió que lo más difícil no era picarla. Requería llevarla a la caja del camión, hacer equilibrio y lanzarla para que el peón de arriba la acomodara. Luego, debía ir en busca de otro puñado de trozos largos, delgados y de color verdoso, amarillento o anaranjado para entonces repetir la entrega. Debía continuar el recogido y la carga hasta que se llenara la caja roja del vehículo que la transportaría hasta la central azucarera. Poco a poco, se convirtió en otro hombre más del cañaveral. Igual que para sus compañeros, la plantación pasó a ser un estilo de vida.

Arturo cambió en esos meses: sus manos se llenaron de callos, sus ojos de nostalgia, perdió peso y envejecía a un ritmo acelerado. La marejada verde lo arrastraba y hacía sangrar su ánimo. Sin embargo, al final de la semana, cuando llegaba el día de paga, todo se percibía distinto. El sábado, cerca de las doce, se convertía en el momento de la bonanza; solo entonces Arturo veía a la caña como la diosa verde del dulce aroma, aquella que le proporcionaba el ingreso para ayudar a su madre y lograr construir una nueva yola. Disfrutaba los domingos por la tarde, cuando recibía la visita de Goyo. Su socio de la pesca llegaba siempre con una nueva canción y con un cigarrillo en mano. Arturo le contaba a su amigo de todos los acontecimientos que vivía en la hacienda. Hablaba de los obreros, de la docena de hombres que dormían en el rancho, todos casados menos él. Describía la casona grande del patrón, don Pedro Cardona; la hamaca donde dormía, el establo donde ordeñaban las vacas, el silbido del tren que se escuchaba a lo lejos, diferente al que acostumbraba oír en la Bajura cuando la máquina se acercaba a la estación del 104, cerca de su casa. También le contaba de lo estricto y exigente que era Teodoro. Goyo, a su vez, le informaba de su progreso con la elaboración de la nueva yola. Le mencionaba acerca de la madera cortada en el monte y de los trabajos completados en la embarcación. Hacía bromas sobre su nuevo jefe y de lo poco que él conocía de pesca. Nunca faltaban las preguntas de Arturo sobre su madre y Cecilia. Goyo siempre le traía algún dato nuevo. En la última ocasión, mencionó que doña María tenía mucho trabajo, pero siempre se le veía contenta, con la esperanza de verlo regresar pronto. Le comentó que, en los últimos días, la había visto un poco fatigada. En el caso de Cecilia, según María, la joven comenzó a enseñar en la escuela elemental del pueblo, noticia que alegró a Arturo. Recordó que ese era el gran sueño de su amada. Durante cada visita, Arturo le entregaba a Goyo parte del dinero ganado en la semana para que se lo hiciera llegar a María, de manera que ella pudiera comprar los víveres que hacían falta en el hogar.

Los meses pasaban y, a pesar de su trabajo difícil, el deseo de volver a estar junto a Cecilia crecía cada noche, mientras descansaba en su hamaca. Con esfuerzo, lo resolvió; una vez finalizara la zafra, su rumbo sería a la playa, en busca de Cecilia. Le explicaría, sin miedo, lo sucedido. Enfrentaría la realidad. Necesitaba mostrar arrepentimiento, excusarse primero con ella, y luego con Carmelo, por la discusión que tuvo con él durante el velorio de Julio. Pero, sobre todo, quería pedirle perdón a Cecilia por haberla ofendido. Aún sentía vergüenza por sus actitudes de ese día. No obstante, el amor por ella le inspiraba el valor que seis meses atrás no tuvo para corregir los errores desencadenados por su borrachera. El tiempo le hizo reflexionar; comparaba sus miedos con los animales del mar. Se dio cuenta que el enorme tiburón blanco de la duda, que lo llevó a esconderse, era en realidad como una pequeña sardina: una fantasía que ya no tenía cabida en su cabeza. Volvió a sentir el deseo de luchar por lo que amaba. Deseaba regresar con Cecilia y unir esfuerzos junto a Goyo en el negocio de la pesca. Parecía como si un rayo de sabiduría hubiese iluminado sus pensamientos, permitiéndole ver todo de una forma distinta y clara. En su mente, se contestaron todas las preguntas negativas que una vez lo hacían querer huir. Agradecía la fortuna de tener trabajo, algún dinero y una nueva yola en progreso. Quería volver a la casa de su madre. Se convenció de que Cecilia lo comprendería una vez él le explicara aquella vergonzosa borrachera; confiaba en que todo regresaría a como lo planificaron años antes. Una de esas noches en que la angustia y el calor no le permitían dormir, se le ocurrió escribir las palabras de perdón y amor que le ofrecería a Cecilia cuando la viera. Intentó esbozar unas ideas para disculparse con Carmelo, pero prefirió dejar esa porción en blanco, por el momento. Durante el corte de caña, en vez de entonar los estribillos de las composiciones del cuarteto Marcano *Compay, póngase duro*, *La batatita* y *El santero*, como solían cantar sus compañeros, Arturo practicaba en voz baja su mensaje, su pedido de perdón, el discurso del arrepentimiento para su inolvidable amor.

A la vez que Arturo vivía la ardiente zafra, Cecilia se concentró en el quehacer escolar. Disfrutaba de asistir a los discípulos que se quedaban retrasados. Con la ayuda de Armando y de otros maestros, logró organizar reuniones de padres. Al principio no asistían muchos, pero gracias a su liderazgo, logró la cooperación de algunos, y así pudieron comenzar mejoras a los alrededores de la escuela. Armando consiguió nuevos libros con los que ella fomentó la lectura entre sus estudiantes. Les leía cuento y, fábulas, y hasta recitaba poesía al mediodía como una forma de motivarlos a leer. A pesar de todas las actividades que llevaba a cabo, el recuerdo de Arturo se mantenía latente en ella. La imagen del joven pescador reaparecía cada vez que caminaba por la orilla de la playa. El sonido de las olas, al chocar contra las rocas, le murmuraba su nombre; el olor a salitre le recordaba los paseos que realizaban juntos por la playa del Peñón Amador. No pasaba una sola noche sin leer la carta de amor que recibió de él. Soñaba con su regreso; tenía la esperanza de que, en cualquier momento, toda aquella triste situación se aclararía para poder estar juntos de nuevo. Sin embargo, después de cierto tiempo, dejó de visitar el hogar de María. Se limitaba a preguntarle por su hijo cuando ella iba a la casa para lavar y planchar la ropa. En realidad, sentía que todos le ocultaban algo: María, Goyo, Quique, e incluso su madre, que siempre se mantenía al tanto de lo que sucedía en el barrio.

Armando, interesado en continuar conociendo a Cecilia, no perdió tiempo en buscar cómo acercarse más a la joven educadora. Aparte de ayudarla con las necesidades de la escuela, la invitó a participar en los artículos que redactaba para el periódico. Mantuvo la costumbre de sorprenderla con obsequios sencillos. Le regaló un marcador de libro, que él mismo pintó, con una flor de hibisco, y le escribió una pequeña estrofa sobre el amor a la patria. Cecilia lo utilizó como un ejemplo en el salón de clase, y les dio materiales a sus estudiantes para que ellos mismos construyeran uno similar. Semanas más tarde, llegó con otro presente: una campana de mano en bronce. Cecilia la utilizaba en las mañanas para alertar a los estudiantes de que la clase comenzaba, y en la tarde, al finalizar el recreo. En octubre, le llevó una lata de galletas Rovira, que Cecilia aprovechó para repartirla entre sus alumnos. La joven maestra agradecía siempre los obsequios y se mostraba halagada por ellos. Entendía que Armando era un buen amigo, sobre todo porque él la respetaba. Sin embargo, continuaba preocupada de que el joven administrador fuera a malinterpretar la relación amistosa que mantenían. En su corazón, solo existía espacio para el hombre al que ella amaba desde niña. A pesar de no verlo por meses, seguía con la esperanza de su regreso. Cada día, Armando y Cecilia pasaban más tiempo junto. Además de dialogar sobre las reformas sociales que proponían algunos políticos del país, analizaban la poesía de Julia de Burgos; incluso, debatieron sobre la existencia de la vida después de la muerte, un tema que le apasionaba a Cecilia. Armando buscaba cualquier excusa para llegar a casa de la joven. A veces hablaba con Carmelo sobre los preceptos de la Masonería, o discutían con su amiga algún artículo del periódico, y hasta en una ocasión le llevó la nueva colección de poesía de Palés Matos, *Tuntún de pasa y grifería*.

Armando reconoció que se había enamorado de aquellos ojos grandes, de la voz dulce, de sus ideas; del sentir de sus respectivas emociones, de la educadora, de la mujer que era, y de todo lo que la rodeaba. Sabía que no podía continuar jugando el papel de compañero de trabajo ni de amigo incondicional. A finales de noviembre, decidió abrir su corazón para expresarle su amor. Carmelo lo invitó a compartir en un almuerzo familiar que coordinaron para anunciar la boda de su hijo Quique. Todos dijeron presente en esa ocasión en la casa del ferretero. Incluso, su hermana Áurea y su esposo viajaron desde Río Piedras. Quique invitó a su prometida, quien asistió junto a su padre. Juanita y Cecilia se encargaron de preparar el almuerzo, que incluyó carne de cerdo. Temprano en la mañana, Juanita ordenó colocar una segunda mesa para que todos pudieran sentarse juntos a disfrutar de los ricos manjares. Cecilia vestía un traje azul claro con encajes blancos en el cuello y en las mangas. Pensaba que tal vez encontraría a Arturo en la playa. Se le había ocurrido ir durante la tarde hasta la casa de María para ver si coincidía con él. Armando fue el primer invitado en llegar a la residencia, y le llevó a Carmelo unos cigarros que compró en Isabela. Desde que subió al balcón, sus ojos perseguían a Cecilia ininterrumpidamente. Dialogaba con Carmelo y, de reojo, su mirada buscaba a la joven. Cuando le extendió la mano para saludarla, sintió la suave fragancia de su perfume, que olía a flores naturales. Sabía que era el mismo olor de siempre, aquel que lo cautivaba, lo atrapaba y aumentaba el ritmo de su corazón. Estaba ansioso por expresar sus sentimientos. Ahora, solo debía encontrar el momento perfecto.

Cerca de las doce del mediodía, todos los invitados se habían sentado a la mesa. Durante el almuerzo, hablaron de las elecciones que se acercaban, del crecimiento en la fuerza política del Partido Popular y de los aumentos en los descarrilamientos del tren; en especial, en la cuesta vieja de Aguadilla. También comentaron del boxeador

111

Sixto Escobar y de su posible reclutamiento por el ejército de los Estados Unidos. Dialogaron de la guerra que comenzaba en Europa y de su posible impacto en Puerto Rico. Cecilia habló de sus estudiantes y del número creciente de mujeres en la educación. Aprovechó para agradecerles a sus tíos por toda la ayuda que le ofrecieron durante los meses que vivió con ellos en Río Piedras. Armando elogió la labor de Cecilia en la escuela elemental, y mencionó algunos de los comentarios positivos que escuchó de sus compañeros en el plantel. A Luis Felipe le agradó escuchar sobre la ejecución sobresaliente de Cecilia. Aprovechó la ocasión para comentar sobre las últimas mejoras de la Universidad. Explicó el proceso de instalación del carillón en la torre del Recinto de Río Piedras; describió en detalle cómo la máquina hacía sonar las campanas. Antes de culminar el almuerzo, Quique anunció la fecha de su boda con Irene. Lo habían discutido con Carmín, y tenían el visto bueno del papá. La celebración sería para febrero del próximo año. Todos aplaudieron, felicitaron a los novios, y el anuncio del evento se convirtió en el tema principal de conversación.

Al terminar la comida, Carmelo se retiró a su mecedora en el balcón. Luis Felipe decidió acompañar al cuñado y fumar uno de sus nuevos tabacos. Los demás se fueron a la sala para tomar café. Armando, mientras tanto, buscaba una excusa que le permitiera hablar unos minutos a solas con Cecilia. Se le ocurrió la idea de pedirle agua, aunque él no acostumbraba tomarla después del café.

—Cecilia, ¿me podrías dar un vaso de agua? —dijo Armando, y se levantó para seguirla a la cocina.

—Quédate aquí, que yo te la busco.

Armando se sintió nervioso. Pensó que todos en la sala lo miraban, pero no hizo caso y la siguió a la cocina sin observar a nadie.

—¿Te gustaría dar un paseo por la playa? Es que quiero decirte algo —comentó el joven.

—Pero dime. Me lo puedes decir aquí.

—Paseamos y allá te cuento.

—Está bien, vamos. Déjame cambiarme los zapatos. ¿No te vas a tomar el agua? —A Cecilia le estuvo raro que no hubiese comenzado a tomársela después de pedirla con tanto interés.

Armando, quien no era amante de tomar mucha agua, se tragó de un solo sorbo todo el contenido del vaso. Caminó hasta el balcón a esperar a la joven. Le mencionó a Carmelo que caminaría con su hija hasta la playa del frente.

—¿Te quieres llevar un cigarro y te lo fumas allá?

—No, no... Gracias. Hoy no quiero fumar.

Cecilia llegó al balcón con el pelo recogido y con unas sandalias puestas. Bajaron las escaleras y, tan pronto como estuvieron en el patio de la casa, ella le preguntó: "¿Qué es lo que me quieres decir?". Armando, a pesar de estar seguro de sus intenciones, la convenció de caminar y acercarse a la orilla antes de expresarle sus sentimientos. El mar se notaba relajado esa tarde; apenas se escuchaba el sonido de las pequeñas olas que llegaban sobre la arena. Algunas gaviotas volaban sobre el área. La brisa era suave, y el Peñón Amador brillaba ante la refracción de los rayos solares. Se acercaban al agua cuando, de repente, sintieron unas pequeñas gotas de lluvia. Cecilia, de inmediato, le exhortó a Armando a regresar a la casa. Él la detuvo, le indicó que era una llovizna pasajera, y la invitó a caminar hasta una palma de coco cercana. Ella protestó, pero igual le hizo caso. Carmelo y Luis Felipe los observaban desde el balcón, y en eso llego Áurea. Carmelo comentó sobre la bonita pareja que hacían los jóvenes.

—¿No conoces a tu hija? Ella es terca como tú. Deja que escoja a quien quiera —dijo Áurea muy cerca del oído de Carmelo.

Cecilia quería volver a la casa. Presentía algo que la hacía sentir nerviosa, y su temor intensificaba al estar parada bajo una palma repleta de cocos. Miraba hacia arriba explicándole el peligro que corrían si un fruto de aquellos les caía encima o si los alcanzaba un rayo, dado que el cielo se había oscurecido, como si se avecinara una tormenta. Los ojos de Armando examinaban a la elegante maestra. Apenas parpadeaba. Sonreía mientras contemplaba la belleza que

113

emanaba de aquella mujer, sus labios rojos y del cabello negro que ansiaba acariciar.

—¿Qué te pasa? Estás raro.

Armando se armó de valor, tomó las manos de Cecilia y, mirándola a los ojos, le habló.

—Cecilia, llevo tiempo cargando un sentimiento que no puedo callar más. Me di cuenta de que estoy enamorado de ti. Eres especial y te quiero... —confesó Armando.

La joven, sorprendida, se soltó de las manos de él y dio un paso atrás. No esperaba ese comentario. Inadvertidamente, movía la cabeza de lado a lado como gesto de negación, mientras buscaba en su mente las palabras correctas para aclarar la situación.

—¡Lo siento, Armando, no puede ser! Yo te considero un buen amigo. Me parece que malinterpretaste nuestra relación. Llevo años enamorada de Arturo, un hombre maravilloso al que amo con todo mi corazón. Debí decírtelo antes. Lo lamento, no pensé que me vieras así. Por favor, entiéndeme —respondió Cecilia nerviosa.

Armando se sonrojó; sentía en el pecho un palpitar acelerado.

—Pensé que andabas sola. Nunca te he visto acompañada, ni tan siquiera me habías hablado de esa persona. Sin embargo, lo que te dije es la verdad, y no lo puedo ocultar.

—Por favor, no sigas. Lo siento, no puedo corresponderte. Te veo como un buen amigo, ya te lo dije. Debemos regresar a casa.

—¡Piénsalo! Sé que ambos podemos seguir hacia adelante y ser más que amigos.

Ante la reacción de Cecilia, el hombre no tuvo la oportunidad de expresar todo lo que sentía por ella.

Cecilia le dio la espalda, caminó presurosa rumbo a la casa, y él casi corría detrás de ella. La sangre de Armando seguía caliente, pero de repente, un mar helado cubrió su corazón. Minutos más tarde, el administrador de instrucción se despidió de todos. Les dio las gracias a los dueños de la casa por la grata reunión familiar y por el sabroso almuerzo.

—Muchacho, no te puedes ir, está lloviznando. Quédate un rato más —dijo Carmelo para retrasar la salida de Armando y, así, poder entender qué le había sucedido en la playa.

Pero él no aceptó. Bajó las escaleras, subió a su Ford y no miró hacia atrás ni una sola vez. Carmelo intuyó que algo sucedía entre los jóvenes; la despedida temprana del masón le advertía de un posible desacuerdo. Cecilia se fue a la cocina, donde reflexionaba en silencio sobre la conversación que tuvo en la playa. Carmelo fue en su búsqueda.

—Ceci, ¿pasó algo entre tú y Armando? Lo vi irse preocupado —preguntó Carmelo mirándola con dulzura.

—No pasó nada. Todo está bien. Parece que se tenía que ir temprano.

Con un timbre raro en su tono de voz, la hija le confirmaba al padre que, en definitiva, algo ocurrió entre ella y Armando. Carmelo bajó la cabeza y se rascó la frente sin entender aún lo sucedido.

Siguieron semanas de intranquilidad para Cecilia. Se sentía incómoda con la declaración de amor de Armando, pero a la misma vez, estaba molesta consigo misma. Luego de pensarlo, se recriminó por no haber sido honesta con su amigo. Pudo haber evitado el distanciamiento que se desató entre ellos a raíz del incidente en la playa. Le permitió gestos y acciones que indicaban claramente una intención romántica, con el único motivo de conservar su amistad. Mientras tanto, él se había enamorado poco a poco de ella. En realidad, no fue franca. Inconscientemente, se engañó para no perder a la persona con la que disfrutaba compartir tantos ratos de camaradería. Además, se dio cuenta de que ni siquiera le había mencionado nada sobre Arturo hasta ese momento, otro factor que no debió obviar. Prefirió darse un tiempo antes de volver a contactar a Armando, aunque ahora echaba de menos su compañía, las lecturas de poemas y hasta las discusiones de política.

Al mismo tiempo, se consideró olvidada por Arturo. Ya no podía negarse la verdad: llevaba más de seis meses sin verlo, ausente por completo de su vida. Le resultaba muy difícil entender por qué su gran amor no mostraba siquiera un indicio de preocupación hacia ella. Sabía que él estaba bien de salud porque eso era lo único que María le reiteraba cada vez que le preguntaba por su hijo. Por más que trató de saber su paradero durante todos esos meses, y de entender la razón por la que decidió aislarse en una finca lejana, no pudo conseguir ninguna información que le ayudara a encontrar un poco de sosiego. El silencio la llevó a sentirse confundida, frustrada. Llegó a pensar que tal vez Arturo la engañaba con otra mujer, o que la muerte se había apoderado de su amado pescador.

Las clases terminaron y, como necesitaba aclarar sus pensamientos, decidió pasar una semana en casa de la tía Áurea. Fueron días reconfortantes que la ayudaron a robustecer su fortaleza emocional. Volvió a vivir las bondades de su pasada vida estudiantil, disfrutó ir de compras, visitó de nuevo el templo espiritista y advirtió que la filosofía espiritista resonaba aún más en su conciencia. También tuvo oportunidad de participar, junto a Luis Felipe, en una de las reuniones del Partido Nacionalista que se convocó en la casa de los tíos. Todos esos eventos fueron de gran ayuda para la joven. Mientras caminaba por las calles de Río Piedras, justo cuando llegó frente al cine Victoria, lugar donde cantó Carlos Gardel, recordó las palabras de su padre: "La vida a cada momento te presenta el encuentro de un camino que se bifurca, y uno tiene que escoger". Esa era su realidad en ese preciso momento: necesitaba tomar una decisión hacia dónde dirigirse. Pensó que tal vez la tía Áurea la podría ayudar en aclarar su pensamiento. Regresó a la casa. Áurea, sentada en la sala, disfrutaba de un chocolate caliente cuando Cecilia llegó. La joven aprovechó que Luis Felipe aún no había llegado para dialogar con su tía. Le confió la angustia en la que vivía hacía varios meses.

—¿Le puedo decir algo?

—Muchacha, lo que tú quieras. ¿Te encuentras bien?

Cecilia le confesó en detalles todo lo ocurrido con Arturo, su preocupación con el comportamiento exhibido y el tiempo transcurrido sin saber su paradero. Además, le expresó la felicidad y la confianza que le brindaba su joven pescador, con quien había compartido desde que era una niña. También le habló de Armando y sobre su declaración de amor. Derramó algunas lágrimas al admitir las dudas que la habitaban. Áurea escuchó sus inquietudes detenidamente, y prefirió hablarle como una hermana.

—Cecilia… ¡El amor es un sentimiento tan poderoso que hasta un ciego reconoce su color! Y yo he visto ese color en tus ojos. Pero tienes que entender a los hombres y las cosas que suelen ocurrir sin que uno se dé cuenta. No puedes descartar que Arturo te haya engañado, es una posibilidad. Tal vez ahora está con otra mujer. Que haya muerto, me parece una idea más remota, porque significa que no solo te han mentido a ti, sino también a doña María. En cambio, Armando te ofrece un mundo distinto que luce mucho más seguro. Pienso que no lo deberías descartar aún.

—Yo sigo enamorada de Arturo, no lo puedo evitar.

—Entonces tienes varias opciones. Primero, seguir en su búsqueda y enfrentar la realidad cuando lo veas. Segundo, olvidarlo y reconocer que solo fue tu primer amor, y te aseguro que el primer amor nunca se olvida. Tercero, abrirte a la posibilidad de aceptar el amor de Armando, quien podría ser tu mejor elección. Y, por último, que te quedes sola. ¿Cuál es la elección a seguir? Eso lo decides tú.

Áurea le habló con sinceridad a la joven. Quiso mostrarle la realidad, un horizonte más amplio, para que ella pudiera tomar la mejor decisión. Cecilia entendió el mensaje y, más tarde, en el silencio de su habitación, se fijó un plazo de tres meses con el objetivo de encontrar a Arturo. No quería darse por vencida aún. Su nuevo plan incluía, si fuera necesario, visitar todas las fincas de caña de Camuy hasta encontrarlo.

La familia de Carmelo Amador celebró la llegada del Año Nuevo y el comienzo de una nueva década. Desde el balcón de la casa, tan pronto el reloj marcó las doce de la medianoche, Carmelo disparó al aire con su viejo revólver y le dio la bienvenida al 1940. Algunos vecinos del barrio se unieron a la celebración junto a la familia del ferretero. Quique invitó a su amigo Goyo y a otros músicos para ambientar la fiesta. En el patio, un hombre con un sombrero de paja, que no se lo quitó en toda la noche, daba vueltas a un cerdo en la vara, mientras estaba sentado sobre un banco de madera. El olor a carne bien condimentada se esparcía por toda la casa. En la cocina improvisada de Juanita había arroz con gandules, viandas y, en una esquina, pan de espiga, morcilla, queso y café. Era la actividad de fin de año que Carmelo disfrutaba organizar para la familia y sus amistades del pueblo. Esa noche, Goyo complació a los presentes y cantó algunos aguinaldos acompañados del cuatro de Agapito y de una guitarra. Por su parte, Quique marcaba el ritmo con el güiro. Armando no aceptó la invitación; se excusó porque estaría con su madre en una festividad de Isabela. Cecilia habló muy poco en toda la noche. La tristeza de no estar con Arturo ni poder compartir con su amigo, Armando, era notable. En varias ocasiones, tuvo la intención de preguntarle a Goyo por el joven pescador, pero desistió de la idea; estaba segura de que recibiría la misma contestación de siempre. Escuchó un rato la música navideña, en especial la canción *Aguinaldo de Navidad*, que popularizaron Manuel "Canario" Jiménez y su grupo, mientras su hermano hacía el coro: "Reluciente sol, recibe tus rayos, saludos a Borinquén con nuevo aguinaldo". Un poco más tarde, sin que nadie lo notara, se marchó a su habitación. Buscó la única carta que tenía de Arturo, la leyó, y se quedó dormida con el papel apretado contra su pecho.

A mediados de enero, dos días antes de empezar las clases, Cecilia visitó la oficina de Armando. Esa vez, no quería hablar de la educación ni de política. Solo le interesaba expresarle lo mucho que su amistad significaba para ella. Armando se alegró de verla; había pasado más de un mes desde su último encuentro. Se reunieron en el despacho del joven educador y, luego del saludo, fue ella quien inició la conversación. Quiso aclarar de inmediato los motivos de su visita.

—Vine porque creo que estás molesto conmigo y necesitamos hablar. Quisiera que sigamos como amigos, pero tienes que entender que ofrecerte otra cosa no es posible. En cambio, te brindo mi cariño sano y sincero.

—Aunque no te voy negar que me hubiese gustado oír un "sí" el día del almuerzo en tu casa, durante estas últimas semanas he reflexionado mucho, y comprendí que tu corazón está comprometido. En la vida, siempre hay momentos de pérdida. Dejemos ese malentendido atrás, estoy de acuerdo contigo. Me encantaría que siguiéramos con nuestra bonita relación —respondió Armando mientras pensaba que haría lo que fuera después que pudiera estar cerca de ella.

—¡Gracias, Armando! Había pensado en todo un discurso para convencerte. Me alegra escuchar que estamos de acuerdo —comentó Cecilia y le extendió la mano.

—¿Eso quiere decir que pronto me vas a invitar a cenar en tu casa? —respondió sonriente y estrechó la mano de la mujer.

—Sí, con una condición. Si alguna vez me siento incómoda con tus acciones, te lo voy a mencionar de inmediato.

—Me agrada la idea. Debemos ser honestos, sobre todo —asintió Armando, aunque realmente ocultaba que persistía en su interés romántico hacia ella.

Cecilia conversó de otros temas, como de la fiesta de Navidad en su casa y de las elecciones que se iban a realizar en noviembre. Por su parte, Armando le contó de su madre y de las prácticas para guiar que le ofreció a una de sus sobrinas.

—Tú deberías aprender a conducir. Necesitas practicar, eso es todo —dijo Armando sonriente.

—Es una buena idea, pero no sé si le agrade a papá —respondió Cecilia con voz tímida.

—Yo le hablo y me encargo de darte las prácticas. Ya verás.

La conversación se extendió por casi treinta minutos, y quedaron en verse al comienzo de las clases.

Unos días más tarde, Armando se encontró con Cecilia en el pueblo. Era cerca de las cuatro y treinta cuando ella salía de la botica, donde había ido en busca de un jarabe para calmar la tos de su padre. El hombre observó la melancolía en el rostro de la maestra.

—¿Está todo bien? Te veo preocupada.

Cecilia asintió con una mirada afligida.

—¿Tu padre está bien? ¿Le sucede algo? —insistió Armando, a la vez que buscaba entender la angustia que reflejaban los ojos de la mujer.

—Papá sigue con la tos fea que tiene desde hace meses, pero está bien.

—Dijimos que seríamos honestos. Yo creo que te ocurre algo. Puedes confiar en mí y contarme tu preocupación.

En ese instante, Jacinto sonó el claxon de su carro para indicarle a la maestra que la esperaba frente a la plaza pública. Armando, intrigado por conocer lo que en realidad le inquietaba, se ofreció a llevarla a la casa. Cecilia estuvo de acuerdo, y relevó de su tarea al chofer del carro público por esa tarde. Durante el viaje de regreso a la Bajura, ella le contó acerca de Arturo. Le habló de los siete meses que llevaba sin verlo y de su ansiedad por enterarse si algo le había sucedido. Desconocía el lugar exacto donde él se encontraba; solo le dijeron que trabajaba en una finca de caña. Con los ojos enrojecidos, le comentó que su padre no aprobaba la relación. Armando no interrumpió el relato, y solo pensó en cómo podría ayudarla. A pesar de sus sentimientos, entendió que la felicidad de Cecilia iba por encima de todo.

—Se me ocurre una idea. Te puedo llevar a visitar algunas de las haciendas de Camuy para ver si encontramos a Arturo —sugirió Armando, aunque su corazón temblaba ante aquella propuesta.

—Gracias, pero no puedo aceptar eso.

—Eres mi amiga y te quiero ayudar. Déjame hacerte feliz.

Armando convenció a Cecilia, y así acordaron llevar a cabo los recorridos por las diferentes haciendas cada domingo. En los primeros viajes, llegaron al barrio Zanja, donde una vez estuvo ubicaba la central azucarera La Alianza, y visitaron las propiedades de Espiet, Trida y Cordero. En otra ocasión, cruzaron el Río Camuy y llegaron hasta algunas de las haciendas en Hatillo. En cada una de ellas, Cecilia preguntó por Arturo Santiago sin obtener una respuesta positiva. Su rostro se entristecía al no encontrar información alguna del hombre que buscaba. Para cambiar su estado de ánimo y verla sonreír, Armando aprovechó algunos de aquellos recorridos para ofrecerle prácticas de conducir. Para su sorpresa, ella demostró dominio del volante con suma facilidad.

El segundo sábado de marzo de 1940, Arturo, como era la costumbre cada día de pago en la casa grande, hizo la fila frente a la mesa del patrón para recibir el sueldo de la semana. Cobró, y se despidió de Teodoro. En cuanto terminó la zafra, el joven pescador tomó la decisión de volver a su inolvidable playa. El amor por el mar y por Cecilia lo llamaban. Al mismo tiempo, extrañaba a su madre. Agradeció al capataz por toda la ayuda ofrecida. Aquella tarde, atravesó despacio la vereda de piedra que lo conducía de vuelta al sector de la Bajura. Se despidió del cañaveral, del ranchón, de la quebrada y de sus compañeros. Sonrió agradecido, y entonó su canción preferida: "No habrá una barrera en el mundo que este amor profundo no rompa por ti".

El domingo, 10 de marzo de 1940, mientras el sol descendía sobre la playa, Arturo recorrió la orilla frente a la casa de Cecilia con la única esperanza de ver a la joven maestra. Esperó por más de cuatro horas. Cerca de las seis de la tarde, observó a Quique, que cabalgaba por la arena en un pinto. El hermano de Cecilia se sorprendió al ver la figura del joven pescador después de tanto tiempo, y detuvo su caballo para hablarle.

—¡Arturo, qué bueno verte! ¿Qué ha sido de tu vida? Te fuiste del barrio sin decir nada. Todos estábamos preocupados por ti. ¿Qué te pasó? —indagó Quique al desmontarse del animal.

—Hola, Quique, estoy bien. Regresé ayer de la finca de los Cardona.

—¡Ah! ¿Ahí fue que te escondite? Mira que Cecilia te ha buscado. Tú no sabes el llanto que ha derramado por no saber de ti. Y doña María, andaba avergonzada todos estos meses porque desconocía dónde te encontrabas. No me puedo quedar callado. Te lo tengo que decir, como amigos que somos: lo que hiciste no te quedó bien.

—Lo sé. Sentí vergüenza y me escondí.

—Vergüenza es una cosa, pero le fallaste a mi hermana, a papá, que aprecia tanto a tu familia, y a Goyo, que tuvo que mentir para no delatarte. Tu padre, que en paz descanse, no estaría orgulloso de tu compartimiento. Espero que no se te ocurra ir por casa, papá está molesto contigo. Aunque sabes que te aprecio, te pido de favor que no lastimes más a Ceci.

—Yo vivo enamorado de tu hermana. Perdóname si te ofendí.

—El problema no es conmigo. Yo te digo las cosas como son. Nos criamos juntos, y sabes que me gusta ser franco. No tengo pelos en la lengua.

Arturo escuchó los reclamos de Quique, y bajó la cabeza. No hablaron mucho más y se despidieron. El hijo de Carmelo siguió su cabalgar; Arturo, pensativo, decidió regresar a su casa. Los comentarios de Quique aún retumbaban en su mente. Ya oscurecía cuando se acercó a la zona de los membrillos que aislaban la playa del camino principal. De repente, escuchó el ruido de un automóvil, y trató de mirar a través de aquellas matas frondosas que casi lo cubrían. Solo pudo observar el color verde del vehículo, y tuvo la impresión de ver que una mujer lo conducía, lo que le pareció sumamente extraño. Salió de atrás de los matorrales, y avistó que el coche se estacionó frente a la casa de Carmelo. No lo podía creer: era Cecilia quien conducía aquel automóvil. Un hombre alto, muy bien vestido, le abrió la puerta para que ella se bajara del coche. Reían mientras caminaban juntos al segundo nivel de la vivienda. Arturo sintió el fluir contraído de los celos en todo su cuerpo. Se quedó inmóvil, y fue como si el alma se le hubiese caído a sus pies. Sacudió la cabeza. Pensó de inmediato que Cecilia lo había olvidado, y todo por su culpa. Se acercó despacio, y pasó frente a la ferretería sin atreverse a mirar hacia las escaleras. Escuchaba risas que parecían venir desde el balcón. La voz de Carmelo sobresalía en la tertulia. No quiso escuchar nada de aquella conversación. Desesperado, caminó lo más rápido que pudo, con cuidado, para que no escucharan sus pasos.

Aunque Arturo llegó decidido a ver a Cecilia, jamás se habría atrevido a interrumpir la charla en el hogar de Carmelo. Su urgencia era hablar a solas con la joven, explicarle dónde estuvo, por qué se fue, y pedirle perdón por su comportamiento tan irrespetuoso durante la última ocasión que se vieron. Siguió el trayecto cabizbajo, en espera de una idea que le permitiera fraguar algún plan razonable para encontrarse con su amada. Le mortificaba la presencia de aquel hombre elegante que acompañaba a Cecilia, un extraño a quien jamás había visto por el barrio. El miedo ante la posible pérdida de su amor lo inundaba de una inmensa desconfianza. Le pareció que las risas entre aquel individuo y su amada eran una prueba indiscutible de la intimidad que reinaba entre ellos. Además, la alegría que percibió en el balcón y la apertura con que conversaban le dio a entender que don Carmelo consentía a que se diera la relación entre su hija y el desconocido. Arturo lloró de la rabia, concluyó que todo era consecuencia de sus errores y de las acciones negativas que llevó a cabo.

—¡Maldita sea mi suerte! —maldijo en un susurro el joven pescador, sin saber qué hacer, herido de celos.

La noche fue larga para Arturo. Apenas durmió. Solo pensaba en el momento cuando vio a Cecilia con el hombre del auto. Pasó horas en la oscuridad de su hogar, atormentado por las dudas. Imágenes fragmentadas corrían desesperadas por su mente: un caballo, las palabras de Quique, unos arbustos, el carro verde y la mano de aquel señor elegante que ayudaba a Cecilia. Sintió rabia consigo mismo. Se durmió cuando estaba a punto de amanecer; solo descansó un par de horas.

Esa mañana, Arturo llegó antes de las siete a la casa de Cecilia. Esperó debajo de un árbol de almendras desde donde podía distinguir las escaleras de la residencia. Pensativo, no pudo disfrutar de la frescura del rocío matutino, ni del sol relajante, con sus rayos cargados de nueva esperanza. Ansiaba ver al amor de su vida, pero a la vez temblaba del miedo ante la posibilidad de que Cecilia amara a otro hombre. Cerca de las siete y treinta, el carro público de Jacinto sonó el claxon frente a la ferretería para anunciar su llegada. Carmelo lo había contratado para que llevara a su hija a la escuela y la trajera de regreso a su hogar a las cuatro de la tarde. Luego, Cecilia bajó las escaleras. Lucía hermosa con un traje crema ajustado a la cintura. La maestra se retrasó en sus preparativos, y quería dejarle saber a Jacinto que necesitaba más tiempo antes de partir rumbo al trabajo. Arturo, debajo del almendro, absorto en sus pensamientos, reaccionó lleno de alegría al ver a la mujer de sus sueños. Se le iluminó el rostro y, antes de que ella se acercara al carro, gritó su nombre. La joven reconoció su voz, y corrió al encuentro del pescador. Lo miró sorprendida, extendió los brazos y lo abrazó con fuerza para verificar que no fuera un espejismo. Lo tocaba para cerciorarse de que estaba sano y vivo. Él fue tímido, y apenas se atrevió a poner las manos sobre la espalda de ella.

—Cecilia… —dijo, y su voz se quebró al verla. Se le aguaron los ojos y solo pudo sonreír.

A ella se le saltaron las lágrimas también.

—¡Arturo, me alegro tanto de verte! Por fin regresaste. Pensé que quizás nunca vendrías. Estaba desesperada, sin saber nada de ti. ¿Dónde has estado en todos estos meses? ¿Qué te pasó? No me escribiste. ¿Por qué no enviaste una nota con Goyo? ¿Estabas enfermo? Te he buscado por todos lados, ¡te desapareciste!

—Estos ocho meses han sido un infierno sin estar junto a ti. Sé que no fui valiente. Después que me viste tirado en medio del camino y supe cómo te falté el respeto frente a tu padre, estaba abochorna'o. No me atreví a hablar contigo, y por eso me fui —respondió Arturo, abrumado por sus sentimientos de culpa y vergüenza.

Cecilia lo escuchaba con asombro mientras experimentaba una mezcla de emociones. Le parecía un sueño volver a estar junto a Arturo. Lo miraba como si fuera la primera vez: su tez oscura, su pelo rizo y sus ojos verdes seductores. Sin embargo, seguía llena de contradicciones que necesitaba poner en claro con urgencia. Se encontraba entre un estado de júbilo y uno de disgusto; alegre, porque logró reunirse con él; molesta, porque aún no comprendía el comportamiento del ser que amaba.

—Te he buscado desde hace meses y he preguntado a todos en el barrio por ti. ¡Seguía con la esperanza de encontrarte! —comentó Cecilia y lo volvió a abrazar.

Justo en ese instante, Carmelo se encontró con la escena, y se lanzó escaleras abajo. Con un grito de ira, llamó a su hija y se dirigió hacia donde estaban los jóvenes.

—¡Cecilia! ¡¿Qué pasa aquí?! ¡¿Qué espectáculo es este?! No permito esta falta de respeto en mi hogar. Y tú, ¿qué haces aquí?

—Don Carmelo, disculpe usted. Mi intención no es molestarlo, ni faltarle el respeto. Solo quería hablar con Cecilia. También, quería pedirle perdón a usted y a ella por todo lo que hice.

—Mira, Arturo, mejor es que te largues. Estas no son horas de hablar, ni con ella ni conmigo. Cecilia tiene trabajo, y yo tengo un compromiso. Hija, Jacinto nos espera y se nos hará tarde.

—Papá, necesito un minuto.

—Muchacha, tú no necesitas nada, es hora de salir. Tengo que ir a darle el pésame a doña Carmen, la viuda de Bienvenido Rodríguez, antes de la misa y regresar a las diez a la ferretería. Vámonos —ordenó el padre, y tomó a la hija por el brazo.

Cecilia, presionada por la interrupción de su padre, no quería discutir con él en ese instante. La evidente mirada de molestia de su progenitor advertía que no le llevara la contraria.

—No se preocupe, don Carmelo, entiendo que haya prisa. Cecilia, mejor nos vemos más tarde y hablamos con calma —sugirió Arturo para evitar una discusión que complicara aún más la situación.

—¡Sí! Debemos hablar. Te veo a las cinco frente al peñón —afirmó Cecilia de inmediato.

—Avanza y busca tus cosas, que te espero aquí para irnos —dijo Carmelo molesto.

Unos minutos más tarde, Cecilia bajo las escaleras.

Arturo, lleno de ilusiones, agitó la mano derecha para despedirse de su amada que se alejaba en el carro de Jacinto rumbo al pueblo de Camuy. Tras hablar con ella cara a cara, renació en él una chispa de esperanza, y sintió que podría controlar sus miedos. Estaba tan feliz que ni siquiera pensó en la reacción que tuvo Carmelo al verlos abrazados. Lo único que le importó fueron aquellos minutos en los que pudo estar junto a Cecilia.

Carmelo aprovechó el viaje para recordarle los problemas que vivieron con Arturo el día que lo encontraron borracho.

—Cecilia, recuerda lo que te he dicho. No caigas otra vez en los cuentos de ese don nadie, tienes que darte a respetar.

—Papá, Arturo me respeta. Fui yo quien lo abrazó. Usted sabe lo que siento por él. Eso no ha cambiado.

—De todas maneras, lo tengo que decir. Arturo no te conviene. Tú también sabes lo que yo pienso de tu absurdo enamoramiento.

—Lo sé. No se preocupe. Pero no es absurdo —respondió ella, y cruzó los brazos.

—Jacinto, déjame cerca del negocio de Agapito, me recoges ahí mismo cuando regreses para el barrio —vociferó Carmelo enrojecido—. Y acuérdate, Cecilia, de lo que te dije.

Jacinto asintió, y alzó la mano con el pulgar en alto en señal de acuerdo. Unos minutos más tarde, se estacionó frente a la plaza de recreo y Carmelo se bajó del vehículo. Tiró la puerta con coraje. Iba endemoniado, y entonces lamentó que su hija fuera como él: rebelde, atrevida y dispuesta a hacer lo que fuera por conseguir sus objetivos.

Cecilia, en cierto modo, era el reflejo de su padre. Recordó todas las veces que Aurea se lo restregó en la cara.

Carmelo había decidido quedarse en aquel lugar porque estaba cerca de la residencia del hermano masón que falleció hacía unos días atrás. Quería entregarle a doña Carmen un dinero que se recogió en la logia para ella. La situación económica en el país no era la mejor. Se vivían momentos difíciles, en especial en aquellos años de la Gran Depresión. Mientras realizaba esa gestión, Carmelo recordó la canción *Lamento borincano*. Le pareció que seguía tan vigente como el mismo día en que la escribió Rafael Hernández en 1929. Esperó en el negocio de Agapito hasta que finalizó la misa, para luego dirigirse a casa de la viuda. La doliente esposa había regresado del servicio religioso cuando llegó Carmelo. Hablaron y, a nombre de los masones de la logia de Hatillo, le entregó el dinero colectado. Carmelo se despidió; iba satisfecho de haber podido ayudarla.

Cecilia dio clases todo el día, pero no podía olvidar los minutos que estuvo junto a Arturo. Ansiosa, solo pensaba en regresar a la casa para correr a su cita en la playa. Armando, como de costumbre, la visitó en el salón de clase. Saludó a los estudiantes, y les llevó una adivinanza en forma de pregunta: "¿Qué es lo que todos quieren para descansar?", preguntó a los niños. Unos minutos más tarde, sentado en una silla, les dio la contestación. Al finalizar su saludo, miró a la maestra y la notó distraída.

—¿Crees que la adivinanza fue muy difícil para los estudiantes?

—¿Qué?

—¿Te pasa algo? ¿Te puedo ayudar?

—No. Nada. Luego te cuento. Déjame seguir con la clase.

Armando se marchó seguro de que algo le sucedía a la maestra.

Arturo regresó a su casa para desayunar junto a su madre. Al llegar, la encontró en el patio barriendo la tierra frente a las matas de rosa con una escoba hecha del esqueleto de un palmiche. Le contó sobre Cecilia, el abrazo que le dio y la cita que tenían programada para la tarde. Fueron a la cocina, donde Arturo tomó café y comió un huevo frito con un pedazo de pan. Por su parte, la mujer se preparó un remedio casero con orégano brujo y menta, y que endulzó con miel. Cerca de las once de la mañana, el hijo de María se dirigió rumbo a la playa para reunirse con Goyo, quien debía regresar a esa hora del empleo que comenzó hacía casi ocho meses con otro pescador del pueblo. Una vez juntos, celebraron su regreso a la Bajura. Emocionado, Arturo le comentó acerca del encuentro que tuvo con Cecilia en la mañana. También le contó sobre el carro verde, el hombre que acompañaba a Cecilia y su preocupación por aquella relación. Su socio aprovechó la oportunidad para hablarle de los rumores que escuchó en el pueblo.

—El del carro verde es el administrador de instrucción, un tal Armando Sotomayor. Hasta donde sé, es el jefe de Cecilia. En el pueblo me dijeron que los habían visto varias veces juntos, pero tú sabes cómo es la gente de aquí. Yo no creo que haya algo entre ellos. Cecilia te ha buscado como una loca, me ha preguntado mil veces por ti. Esa mujer te sigue queriendo.

—¿Por qué no me hablaste de eso antes?

—¿Pa'a qué te iba a quitar el sueño con boberías? Son chismes, no le hagas caso a eso.

Arturo le agradeció a Goyo por la información, aunque todavía tenía sus dudas. Después, ya más calmados, tomaron la vereda hacia el hogar de Goyo, para así ver la construcción de la nueva yola. Con orgullo, su compañero le mostró todas las partes que completó durante los últimos meses. Comenzó la fabricación detrás de la casa que heredó de su padre, y en solo doce semanas estaba casi lista. Usó madera de roble, caoba y teca. Solo faltaba completar algunos detalles en el casco y pintarla. Arturo calculó que, con el dinero que tenía ahorrado, sería suficiente para finalizar la obra y poder salir a pescar en solo unos días. Acordaron unir sus esfuerzos para tratar de llevarla al mar lo antes posible. Goyo le comentó que solo trabajaría unos días adicionales con el otro pescador, pero, aun así, por las tardes lo ayudaría con el proceso de construcción. Poco después, a eso de las tres y media de la tarde, se despidieron con el compromiso de que, a la mañana siguiente, comenzaría de lleno a trabajar en la yola. Caminaba con más aplomo que el día anterior; iba feliz, entusiasmado por lo bien que marchaba su día. Habló con Cecilia, le pidió perdón y compartió con su mamá. Además, vio la nueva embarcación y estaba casi seguro de que el hombre alto del carro verde no significaba nada. Corrió rumbo a la playa del Peñón Amador para ver a Cecilia.

Arturo llegó casi a las cuatro de la tarde a su cita. Escuchó la ceremonia melodiosa de las olas al chocar contra las rocas. Gozaba al ver el juego de los marullos que corrían por los trechos abiertos, arenosos, donde las piedras no habitaban. Deambuló por la playa. Esperó cerca de la residencia de Cecilia, mientras en su mente repetía las palabras de perdón que le diría a la mujer de su vida. Cuando la joven maestra regresó de la escuela, ya Juanita tenía la comida lista; solo faltaba freír unos tostones. Como de costumbre, Carmelo cerró la ferretería un poco más tarde de las cuatro de la tarde. Sentado en la mecedora del balcón, escuchaba las noticias por la emisora WKAQ, en el programa "La correspondencia de Puerto Rico". El locutor comentaba acerca de la guerra en Europa y de las iniciativas de los alemanes por irrumpir en otros países después de la invasión de Polonia. Cecilia le susurró a su madre que iría a la playa antes de comer. Juanita detuvo a su hija, y la aconsejó para que entendiera los riesgos a los que se exponía.

—Tú siempre has sido la niña de nuestra casa. Sabes que Melo y yo estamos bien orgullosos de todo lo que has logrado, pero no queremos que te pase nada. Nos preocupa tu salida para ver a ese muchacho a la playa. Se presta para que los vecinos y los malos intencionados hablen de ti. Sabes que hay que cuidar la decencia y la reputación.

—Mamá, soy consciente de ello.

—Lo sé. Pero yo preferiría que las cosas fueran distintas. Sería mejor si Arturo pudiera venir aquí, a nuestra casa, a conversar contigo. Vete, y no tardes, que voy a hablar con tu padre para ver si te lo permite.

Al escuchar que intercedería por ella, Cecilia abrazó a su mamá con ímpetu y se dirigió hasta el balcón.

—Papá, sé que a usted no le agrada, pero yo necesito ver a Arturo. Él está ahí en la playa.

—Mira, hija, si vas a ir, que sea cerca de la casa, donde yo te vea y solo unos minutos. Voy a estar pendiente de ti. Después vamos a conversar tú y yo.

Cecilia asintió, dio la vuelta y corrió hacia la escalera para ir a verse con Arturo. Carmelo, desde su asiento, con una profunda tristeza y frustrado por todo lo que aconteció, la vio alejarse de la casa. En cuanto la joven se retiró bastante como para que no lo escuchara, llamó a Juanita, y la acusó de ser cómplice de su hija.

—Juana, tú le permites todo a la muchacha. Tenemos que parar esto. Va por el rumbo equivocado —dijo Carmelo enrojecido.

—Melo, tranquilízate, que te puede dar algo. Ya te lo he dicho, nuestra niña creció. Tenemos que aprender a respetar sus decisiones, y puedes estar seguro de que no le va a pasar nada. Ven, que voy a servirte la comida.

—Tú siempre la buena, y yo el malo de la casa.

—Te lo mencioné en el almuerzo, es mejor que hablen aquí. No me gusta que se vean en la playa. Conozco a Ceci, y sé que lo verá de nuevo.

—A mí no me agrada esa idea.

—Dale una oportunidad, permítele que venga un solo día a la semana y tú estableces las reglas. Así, evitas las reuniones a solas —dijo Juanita encarecidamente a su marido.

Carmelo no concebía la idea, pero la insistencia de su esposa y el comportamiento de Cecilia lo obligaron a cambiar de postura y permitir que Arturo visitara a su hija en su casa.

—Cuando regrese, hablo con ella.

—Ves que no eres el malo, como tú dices —respondió ella con una sonrisa.

Juanita sirvió la comida, Carmelo subió el volumen de la radio, que estaba en la consola de la repisa. Quería escuchar las noticias mientras comía. La voz de don Rafael Quiñonez Vidal informaba sobre los acontecimientos del día: "Más de 3,900 cuerdas de terreno fueron adquiridas en el municipio de Aguadilla. Una pista de aterrizaje está en construcción para los cuerpos aéreos del ejército de Estados Unidos...".

Una vez en la playa, a corta distancia de su hogar, Cecilia reconoció la figura de Arturo, quien corría en dirección a ella. El sol y las gotas de lluvia mostraban en el cielo siete colores entre cálidos y fríos, que formaban un arcoíris detrás del Peñón Amador. Arturo, eufórico, de manos sudadas, preocupado y con miedo, aunque con menos nervios de los que tenía en la mañana, llegó hasta donde su joven amada. Se aproximaron en silencio, y se miraron a los ojos por casi un minuto. Fue una forma espontánea de acercarse y conectarse para crear el momento de aquella reunión. Arturo fue el primero en hablar.

—Quiero pedirte perdón. Estaba confundi'o por las cosas que sucedieron, y por eso me escondí. Sé que tú y Carmelo me vieron borracho. Hice y dije tonterías que estuvieron mal. Te pido perdón, de verdad.

Arturo no se cansaba de pedirle perdón y de explicar su comportamiento.

—Pero ¿por qué te fuiste? ¿Por qué no viniste donde mí? —preguntó Cecilia más de una vez, de diversas formas, para poder entender el comportamiento de su enamorado.

—Fue un error. Cuando Goyo me contó del modo tan irrespetuoso en que me porté contigo, al humillarte frente a don Carmelo, pensé que no querrías verme. Entonces, me escapé por la vergüenza de que me viste borracho. Sabía que te había ofendido. Lo lamento. ¿Cómo ibas a querer a un hombre sin trabajo? ¡De qué sirve un pescador sin la yola!

—¡Arturo, Arturo! No es así. No han sido fáciles todos estos meses llenos de sufrimiento. Me dolió no saber de ti, pero quiero que sepas que te amo, aunque no tengas trabajo o estés sin yola. Juntos lo podemos resolver todo.

—¡Perdóname! Te prometo que nunca más te volveré a dejar —juró Arturo mientras tomaba las manos de Cecilia.

—Te entiendo, pero nada justifica que no confiaras en mí. Es importante la sinceridad entre nosotros, y debemos luchar por nuestra relación. No quiero volver a perderte. Quiero estar contigo.

—Te juro que he sido sincero, pero hay algo que aún me preocupa. Ayer te vi en un carro verde con un hombre que no reconocí. ¿Quién es él, y por qué estaba contigo?

—Es Armando Sotomayor, el administrador de instrucción que me otorgó el empleo en la escuela. Con el tiempo, se ha convertido en un buen amigo. Me ayudó a buscarte, sabe de ti. No te pongas celoso, que tú eres el hombre de quien estoy enamorada. Te prometo que lo vas a conocer. No hay nada de lo que debas preocuparte.

Arturo no hizo más preguntas, sintió un alivio al escuchar la respuesta de ella. Aunque pensó que debería conocer un poco más sobre aquel individuo, se limitó a sonreír y cambió el tema de conversación.

—¿Entonces, me perdonas? —preguntó Arturo con una enorme sonrisa.

—Sí, pero quédate conmigo por el resto de nuestros días.

—Te amo, Cecilia —confesó Arturo sonrojado.

—Yo también te amo. Y quiero que sepas que mamá me dijo que hablaría con papá para que tú puedas visitarme en casa.

—Tú sabes que me encantaría verte todos los días.

El sol estaba por ponerse. Cecilia decidió regresar a su hogar. Se despidió de Arturo con la promesa de que pronto lo volvería a ver. Mientras corría, tropezó con su padre, quien había bajado a la playa a fumar un aromático cigarro. Él había estado parado en el patio de la casa, observando a los jóvenes desde hacía varios minutos.

—Cuando termines de comer, quiero hablar contigo —comentó Carmelo.

—Papá, todo está bien. Usted sabe lo importante que era para mí verlo. Aclaramos lo sucedido.

—Hija, come, y después conversamos.

—Está bien. Pero déjeme recordarle que le prometió a mamá dejar de fumar. Por favor, apague ese cigarro, que sabe que le hace daño.

Carmelo le dio una última bocanada a su habano, y lo tiró al suelo. Cecilia siguió su rumbo feliz. Después que su hija comió, la llamó a la sala.

—Por lo que veo, tú no vas a cambiar. Eres igual de empecinada que yo, y no me gustaría que hablen de ti. Dile a Arturo que venga a hablar conmigo. Le voy a permitir que llegue hasta el balcón, solamente los sábados, de siete a ocho.

—Papá, no lo puedo creer. ¡Gracias! Me llenas de alegría —dijo Cecilia y lo abrazó.

—Esto no quiere decir que estoy de acuerdo con la relación, ni lo voy a estar. Pero lo hago por ti. No quiero que tú estés en bocas de nadie. Te cuido a ti, que es lo importante. Recuerda, es un solo día, ya dije.

—¡Sí! Le pediré que venga el próximo sábado.

—Se lo puedes decir, pero no quiero más reuniones en la playa. Necesito que él entienda mis reglas —sostuvo Carmelo en un intento desesperado por evitar que se aprovechara de la inocencia de su hija.

El encuentro entre Arturo y Carmelo fue distinto al primero que tuvieron, dos años antes, cuando el joven le planteó su interés por Cecilia. Arturo llegó temprano; todavía el sol no parecía tener prisa por ponerse. Eran alrededor de las seis y media cuando el pescador se paró frente a la ferretería, con la ropa planchada, los zapatos viejos brillados, pero sin una idea clara de lo que diría. Nervioso, tenía los pies fríos y le sudaban las manos. Lo acompañaba un ambiente saturado de una brisa salada. Subió a la casa por la escalera de las losas criollas y, al llegar al balcón, saludó a Carmelo, quien lo esperaba sentado en la mecedora. Le extrañó verlo sin su cigarro humeante. Arturo estaba sudando frio, pero esta vez, su voz no temblaba. Se concentró en fijar su mirada en el rostro del padre de Cecilia. Carmelo, de forma autoritaria, le explicó que la única manera en que podría ver a Cecilia era en su casa, bajo un horario preestablecido por él. Además, le manifestó en detalle las reglas para las visitas, las cuales debía seguir estrictamente si quería ver a Cecilia. En realidad, parecía más un monólogo de Carmelo para exponer sus puntos de vista. Arturo aprovechó la pregunta final para aclarar un tema pendiente.

—¿Tú me entiendes? ¿Hay algo que debo aclarar? —preguntó Carmelo al mismo tiempo que se sacudía la nariz con el pañuelo.

—Sí, todo está claro. Lo he entendido, y le agradezco por dejarme ver a Cecilia. Hay un asunto que, para mí, está incompleto. Necesito disculparme con usted por las cosas que sucedieron hace unos meses. Fue un error mío. No se va a repetir —respondió Arturo con seguridad en su voz.

—Yo espero eso: respeto y seriedad.

Carmelo llamó a Cecilia, quien se encontraba sentada en el sofá de la sala junto a Juanita. Ambas habían escuchado toda la conversación entre los dos hombres.

—Cecilia, le he dicho a Arturo que puede venir a verte los sábados. Ya tú sabes de lo que hemos hablado. No tengo que repetirlo. Recuerda que la visita se tiene que ir a las ocho —afirmó Carmelo, se levantó de la mecedora y se fue a su habitación.

Juanita fue a la cocina para preparar un chocolate; mientras hervía, picó unos pedazos del queso blanco que había hecho en la mañana. Cecilia y Arturo se miraban felices de poder encontrarse en aquel balcón frente al mar. Parecía un sueño coreado por el ritmo armonioso de las olas. Arturo le comentó a Cecilia lo feliz que se sentía. Había regresado a la Bajura, su nueva yola estaba casi lista, y por fin podía compartir un rato con la mujer que siempre amó, sin miedo, con el visto bueno de Carmelo. Respiró hondo sin apartar la mirada de ella. La joven sintió la intención de un abrazo en aquella contemplación, y le sonrió. No hubo mucho tiempo para hablar, ya que Juanita los interrumpió con el chocolate. Ella cumplía con una de las reglas de su esposo, que era vigilar de cerca a los muchachos. A las ocho en punto, les anunció la hora que marcaba el reloj, y el joven pescador se retiró.

En los días siguientes, Arturo trabajó junto a Goyo hasta que lograron completar la nueva embarcación. Le construyeron tres bancos; la proa era alta y puntiaguda para cortar mejor el oleaje. La probaron varias veces en las aguas frente al Peñón Amador, para asegurarse de que navegaría sin problemas. Adquirieron el equipo que necesitaban, y entonces reanudaron el negocio de la pesca. Volvieron a su rutina con los compradores y las ventas en la plaza del mercado. Los sábados, laboraban hasta cerca de las once de la mañana. Era el día de visitar a Cecilia, así que, desde temprano en la tarde, Arturo se preparaba para cumplir con su compromiso. Brillaba los zapatos, y María siempre le tenía la ropa bien planchada. El mar, con su aroma a salitre, junto a la mirada escrutadora de Juanita, se convirtieron en los testigos de cada una de aquellas reuniones semanales en el balcón de la casa de Carmelo. Según las reglas que estableció el padre, solo habría dos sillas: una para cada joven, las cuales no se podían colocar juntas. Se requería al menos un pie de distancia entre ellas. La presencia de la madre de Cecilia era requerida en cada visita. Juanita aprovechaba ese tiempo para tejer sus proyectos a la vez que escuchaba las conversaciones de los muchachos. Aun así, para Cecilia y Arturo eran momentos de alegría: una hora para hablar y soñar con la felicidad de unir sus vidas. Cecilia disfrutaba contándole sobre la escuela, los estudiantes, el trabajo que coordinaba con los padres y hasta de sus ideas políticas. Arturo, que no era de mucho hablar, la escuchaba boquiabierto, sin apartar la mirada de ella. Soñaba con besarla y darle un abrazo tierno para sentir su cuerpo pegado al suyo. Cuando la mamá se marchaba a la cocina a preparar el chocolate, por unos minutos, Arturo acercaba su silla, tomaba la mano de Cecilia y en silencio le mencionaba lo mucho que la amaba. En algunas ocasiones, hasta se atrevió a darle un beso en la mejilla. El ruido de los pasos de Juanita, con las tazas de chocolate y el queso blanco, era la señal que Arturo utilizaba para retornar de inmediato a su asiento y cambiar el tema de conversación. Vivían instantes inolvidables que alegraron sus vidas, llenándolas de júbilo. Las visitas continuaron por varios meses; el chocolate, el queso, las risas y el cuchichear de los enamorados nunca faltaron.

Los jóvenes no se conformaron solo con las visitas de los sábados, y establecieron un ritual de saludo diario. Cerca de las seis de la tarde, antes de que anocheciera, Arturo realizaba su paseo por la orilla de la playa, y Cecilia se asomaba al balcón para saludarlo con la mano. El pescador le respondía con un beso al aire.

La tarde del jueves, 20 de junio fue distinta. Carmelo tenía programada una actividad importante en la logia masónica de Hatillo, y requería que llegara antes de las seis. Esa noche recibirían la visita del Gran Maestro de los Masones de Puerto Rico, Ramón Gómez Cintrón. Algunas esposas de los masones se encargarían de la comida. Por su parte, Juanita llevaría la mezcla para preparar almojábanas con queso de bola, por lo que se vistió temprano y acompañó a su esposo. Cecilia decidió quedarse en el hogar a pesar de que su amigo Armando estaría en la reunión. Fingió sentirse cansada. Sabía de la ceremonia en el templo masónico y planificó, desde el sábado anterior, verse con Arturo esa tarde. La ausencia de los padres le ofrecía la libertad para llegar hasta la playa y compartir junto a su amado pescador.

Esperó a que Carmelo y Juanita se marcharan para cambiarse de ropa. Vistió un traje de verano sencillo de color azul con mangas abullonadas y cuello de barco con un estampado floral. Se peinó el cabello, y salió radiante a encontrarse con Arturo, quien la esperaba cerca de una de las palmeras, no muy lejos de la casa.

—Qué bueno que pudiste venir. Te traje algo, un pequeño regalo —dijo Arturo, y le entregó un pañuelo con un nudo que contenía algo dentro.

—¿Qué me trajiste? ¿Qué es esto? —preguntó Cecilia mientras desataba el pañuelo—. Estoy nerviosa, espero que papá no regrese en un buen rato.

—Algo que le compré a uno de los pescadores. Es sencillo, pero se me pareció a ti. Espero te guste.

—¡Dios mío, qué bella! No tenías que haber comprado esto. ¡Yo solo te quiero a ti! —dijo Cecilia y abrazó fuerte a Arturo.

—Creo que es de oro. Eso me dijo el que me la vendió. Déjame ponértela —pidió Arturo al mismo tiempo que ayudaba a Cecilia a colocarse en la mano derecha una delicada pulsera.

—¡Me encanta! —dijo Cecilia mientras levantaba su mano para mostrar su nueva prenda.

Aprovecharon la tarde para conversar sin preocuparse por el tiempo. La brisa soplaba suavemente, lo que les permitió a los jóvenes enamorados caminar por la orilla de la playa y sumergir sus pies en el agua, hasta que finalmente se sentaron encima de la yola de Arturo. Desde ahí, disfrutaron de la puesta del sol en el horizonte. Contaron los últimos quince segundos antes de que la esfera amarillenta desapareciera en un cielo que parecía estar en llamas anaranjadas y rojizas. Así, el día se desvanecía y la noche se adueñó del lugar. Luego, se produjo un momento de silencio mientras se miraban fijamente, y escuchaban el sonido del mar de fondo. Arturo se acercó y puso su mano en la mejilla de la joven, perdido en sus grandes ojos durante unos segundos. La distancia entre ellos se acortó. Ambos estaban nerviosos, con el corazón latiendo con tanto fervor que podían sentir la vibración en el pecho del otro. Cecilia, emocionada, rodeó los hombros de Arturo con sus brazos, cerró los ojos, y sintió su aliento, la presión de sus labios sobre los de ella. Un beso prolongado pareció dar comienzo a un juego que nunca habían experimentado. Una risa corta y un nuevo contacto surgió, más extenso que el primero. La presión en los labios aumentaba, y sus manos producían un remolino de caricias. Las de Arturo cubrían la espalda y la cintura de Cecilia, mientras que las de ella acariciaban suavemente el rostro del hombre.

El joven pescador besó con delicadeza el cuello de su amada; parecía apropiarse de su aroma, y ella suspiraba extasiada.

—Quiero que estés siempre a mi lado. —murmuró Arturo al oído de Cecilia.

La luna llena, en un hermoso gesto de ausencia, se escondió durante aquellos minutos apasionados en los que un nuevo beso los excitaba y encendía el fuego de sus cuerpos entrelazados. Chocaban las narices y sentían cómo sus lenguas descoordinadas se buscaban. Poco a poco, se bajaron de la yola y se dejaron caer en la arena, entre dos embarcaciones. Las redondeadas hojas de los uveros se unieron a los juegos de la luna para ocultar aquella pasión en que se sumergieron los jóvenes. Todo sucedió muy rápido, y nadie vio esa noche la unión de dos cuerpos que durante años se amaron. Se despidieron con la promesa de no contar nada a nadie sobre los instantes de amor y placer que experimentaron aquella noche.

Por otro lado, la reunión masónica fue todo un éxito. El Muy Respetable Gran Maestro vino acompañado por cuatro miembros de su séquito: el Diputado Gran Maestro, el Gran Primer Vigilante, el Gran Segundo Vigilante y el Gran Tesorero. Además, estuvieron presentes cerca de quince masones de la logia Monte Líbano de Hatillo. La tenida de la noche incluyó la exaltación de Armando Sotomayor al grado de Maestro Masón. Para él, era un paso importante de aprendizaje y de conocimiento masónico. Había experimentado el proceso de pulir la piedra bruta, que simbolizaba el reconocimiento de sus imperfecciones. Cerca de las diez y treinta de la noche, Carmelo y Juanita regresaron a la casa.

El sábado, 22 de junio a las siete en punto, Arturo llegó a casa de Cecilia. Era la víspera de la noche de San Juan, y se observaban las luces en la playa. Cecilia lucía ansiosa y un poco nerviosa. Era la primera vez que se reunía con su enamorado desde la tarde del jueves. Llevaba puesta la pulsera que Arturo le regaló; no se la había quitado desde entonces. Arturo estaba preocupado ante la posibilidad de que doña Juanita se hubiera enterado de lo sucedido. Además, se encontraba cansado por la cantidad de veces que había remado en la yola para llevar a vecinos y turistas a pasear frente a las aguas del Peñón Amador. Fue una idea que se le ocurrió a Goyo para ganar dinero durante las festividades del fin de semana. Cobraban $0.20 por persona y, en cada viaje, podían llevar hasta un máximo de tres pasajeros. Esa noche, sentado en el balcón de la casa de Cecilia, Arturo le contó a su enamorada sobre las ganancias que obtuvieron con la gran cantidad de recorridos que hicieron. También le anunció que trabajaría tanto el domingo como el lunes. Querían aprovechar los días de la celebración de San Juan Bautista.

—Me parece bien, pero ten cuidado. Es un trabajo fuerte por el peso que llevas —manifestó Cecilia preocupada por su amado. Al hacerle aquella advertencia, un pequeño escalofrío recorrió su cuerpo—. Parece que la muerte chiquita me pasó por encima —expresó, recordando una expresión que su madre usaba cuando alguien temblaba de repente.

—No digas eso. Es el viento que está frío —dijo Arturo.

—Cuídate. Eres importante para mí —argumentó la joven en voz baja.

Hubo miradas y sonrisas. Ambos recordaban su encuentro íntimo del jueves. Arturo le guiñó un ojo, y Cecilia sonrió. Juanita los observaba desde la mecedora. Un poco más tarde, Cecilia mencionó sobre la posibilidad de comprar un automóvil para ir a su trabajo.

—Muchacha, eso no es para ti —opinó Juanita al escuchar el comentario.

—Arturo, ¿qué tú piensas? —preguntó Cecilia.

La idea no le pareció atractiva a Arturo, le recordó el carro verde y el hombre alto. Además, no conocía de ninguna mujer que guiara en el barrio, y mucho menos que fuera dueña de un automóvil.

—No me digas que vas a tomar prácticas de conducir con... ¿Cómo se llamaba? ¿Armando? —preguntó Arturo con cara de preocupación.

—No. Ya sabes que él es solo un buen amigo. La última vez que hablamos fue en mayo, y me indicó que aceptó un nuevo empleo en Isabela. Quería estar más cerca de su madre. No lo veo desde entonces.

—A mí no me gusta la idea, pero si eso es lo que tú quieres, no te voy a llevar la contraria —comentó Arturo, sonreído al escuchar que Armando ya no trabajaba con ella y que se había ido de Camuy.

Juanita se levantó para ir a preparar el chocolate, momento que aprovechó Arturo para acercarse a Cecilia y expresar sus sentimientos.

—Prometo amarte toda mi vida —confesó Arturo en voz baja para que solo lo escuchara Cecilia.

—Yo también te amaré por siempre —le susurró Cecilia.

Los jóvenes entrelazaron las manos y se dieron un beso silencioso. No hubo mucho tiempo para hablar, ya que Juanita interrumpió con la oferta del chocolate. Minutos más tarde, les hizo el aviso de las ocho en punto, y Arturo se despidió. Esa noche, Cecilia tuvo un extraño sueño con Arturo. Despertó en la madrugada, asustada, y solo recordó su caminar entre las palmas y la voz de Arturo a lo lejos. Miró el reloj y decidió volver a dormir.

El lunes, 24 de junio de 1940, Cecilia se despertó a las seis de la mañana. Reinaba el silencio en la casa. Solo se oían los ladridos de unos perros en la lejanía. Experimentaba una inmensa sensación de bienestar; al fin veía realizadas sus metas y deseos. Los sufrimientos del pasado ya no existían. Sencillamente, era feliz. Quería gritarlo: "¡Gracias, Dios mío, gracias, qué bueno eres!". Se peinó despacio y amarró su cabello con una cinta blanca. Luego, se puso un vestido simple de color verde claro, hombros anchos y manga corta. Preparó café, se sirvió un poco en su taza de metal esmaltado, y salió al balcón a respirar el aire fresco de un nuevo amanecer. Esperaba ver a Arturo cuando guiara los viajes de paseo en la yola. Juanita se levantó cerca de las siete de la mañana. Carmelo prefirió quedarse un rato más en la cama. Madre e hija hablaron de la posibilidad de visitar la playa antes del mediodía para tomar uno de los recorridos que Arturo y Goyo ofrecían. Como era lunes, no debía haber tanta gente como la que vieron el día anterior. Decidieron hablar con Irene, la esposa de Quique, para que se uniera al paseo.

Mientras la mamá preparaba un té caliente con miel, limón y jengibre para Carmelo, la hija fue al balcón a leer una de sus revistas; no se le escapaba de la cabeza lo que hicieron Arturo y ella el jueves pasado. Estaba preocupada de que alguien los hubiera visto. El día era claro, brillante y sin una nube en el cielo. Alrededor de las nueve, la joven sintió un golpe de viento en su rostro y advirtió cómo el oleaje aumentaba. Caminó hasta la baranda del balcón, y ahí pudo distinguir en la playa a Arturo junto a Goyo, justo en el momento cuando partían en un nuevo viaje con tres mujeres a bordo. Desde allí, notó que Goyo llevaba los remos mientras Arturo iba parado al frente, como si fuera un capitán que dirige el rumbo de su embarcación.

El pequeño bote se bamboleaba sobre las olas. Cuando llegaron cerca de la esquina del peñón, un violento oleaje golpeó el costado de la nave y la volteó, pero aun así logro mantenerse a flote. Cecilia observó con terror cómo Arturo cayó por la proa y los otros tripulantes fueron a dar al mar. Goyo luchaba contra las peligrosas aguas hasta que pudo volver a montarse en la yola, pero justo entonces, un nuevo embate la volteó nuevamente. Los segundos parecían eternos. En el corazón de Cecilia, cada uno se multiplicaba en un silencio desesperante. Nadie salía a la superficie. Cecilia corrió angustiada hacia la playa. Gritaba el nombre de su amado y trató de entrar a las inquietas aguas. Un pescador la detuvo y la llevó a un lugar seguro. Goyo apareció e intentaba acercar a las mujeres a la yola, pero el oleaje se lo impedía. Cuatro personas nadaron hacia donde estaban los náufragos y ayudaron a llevar las mujeres a tierra firme. Entre los embates, Goyo buscaba a su amigo, gritando con todas sus fuerzas el nombre de Arturo, pero las múltiples voces del océano y el viento ahogaron sin misericordia su llamado. Miraba a todas partes, hasta se zambulló desesperado, en una lucha perdida contra la corriente que lo arrastraba mar adentro. Trató de acercarse al peñón, a la masa de roca, pero el batir de las olas era tan enérgico que le nublaba la vista.

Se sumergió cuatro o cinco veces más, pero el brío de aquel flujo lo seguía empujando, y el tiempo que lograba nadar debajo del agua se reducía cada vez más. Regresaba a la superficie ansioso, sin encontrar a su compañero. Fatigado, escaso de fuerzas, optó por regresar a la orilla. Un grupo de personas que se encontraba en la playa lo ayudó a salir de aquellas aguas descontroladas. Todo sucedió muy rápido ante la mirada sorprendida de los vecinos que no podían creer la tragedia. Carmelo, Juanita y Quique ya habían llegado a la playa, y Juanita avanzó a sostener a su hija. La joven, cegada por las lágrimas, exclamaba abrumada el nombre de su enamorado al cielo inmenso. Miraba hacia la esquina norte del peñón, y pedía ayuda con furia para que buscaran al joven pescador, esperanzada de que lo pudieran encontrar, que estuviera bien y que pronto llegara a su lado. Al contrario, la playa se transformó en un infierno: la arena caliente, los fogosos rayos del sol y el rugido del mar embravecido le mostraban una imagen de pérdida que ella no quería aceptar, y entonces oyó el aullido de la muerte. Sintió cómo perdía las fuerzas: se le tambaleaban las piernas, cayó de rodillas, quiso volver a gritar, pero su voz, abatida por el dolor, no se lo permitía. Solo se escuchó una súplica ahogada entre llanto: "¡Por favor, devuélveme a Arturo!". El ruego de la joven no fue a Dios. Se lo pidió al mar, que tanto amó. Quique la convenció de irse y la llevó a la casa.

—Aún no es tarde, quizás salga —comentó Quique para consolarla, pero con la convicción de que no volvería. Pensaba que ya debía estar muerto.

Goyo intentó hacer algo más, pero todo le parecía inútil. Estaba exhausto, tumbado sobre la arena. Conocía el mar desde hacía tiempo como para saber que el océano se tragaba sus víctimas sin el menor arrepentimiento. Volvió la mirada en busca de Cecilia, aunque ya no se escuchaban sus gritos ni sus lamentos. Solo restaba esperar. Cerca de él estaban las tres mujeres sobrevivientes: las hermanas Matilde y Margarita Casanovas, y Cristina Toledo. Todas lucían nerviosas, pero estables tras la angustia del momento vivido. Matilde, la mayor de las tres, fue la única que pudo expresar la experiencia al caer al agua:

—Era como si el mar agitado me quisiera tragar, sentía que me encarcelaba para ahogarme. Me hundía y no podía respirar. No supe nada más hasta que me sacaron a la orilla. ¡Gracias a Dios estamos vivas! Nos ayudaron —contó Matilde sin parar de llorar, temblando del susto.

Minutos más tarde, llevaron a las tres señoras al hospital. Goyo no quiso abandonar la playa. Se unió a los amigos y vecinos del barrio que permanecieron en vela toda la noche, con la expectativa de encontrar al pescador.

El cuerpo semidesnudo de Arturo apareció al día siguiente, cerca de la playa de los Almendros. Tenía el cabello lleno de algas, con los ojos claros, abiertos, fijos en algo impreciso, y revelaba una sonrisa tenue en la boca. Mostraba un golpe en la frente, un poco más arriba de su ojo izquierdo. Las corrientes marinas se encargaron de darle un último paseo por el lugar que él tanto amó. Una semana más tarde, luego del entierro, Cecilia, parada frente al peñón donde vio por última vez la silueta de su amado, rezó la oración para los recién fallecidos que aprendió en el templo espiritista, y realizó un juramento:

—Dios, Todopoderoso, que tu misericordia se extienda sobre el alma de mi amado Arturo. ¡Que las pruebas que sufrió en esta vida le sean tomadas en cuenta, y que mi oración pueda aliviar y simplificar cualquier pena que tenga aún que sufrir como espíritu!

Cecilia respiró profundo y levantó la vista para enfocar su mirada en el peñasco.

—Por nuestro amor, porque un día volveremos a estar juntos y felices. Te prometo que levantaré una cruz sobre esa gran roca para recordar siempre tu vida. Nuestra lucha no fue en vano. Sé que me esperas, y, una vez cumpla mí promesa, llegaré el mundo espiritual donde tú estás. ¡Te amo, Arturo Santiago! —musitó Cecilia con los ojos llenos de lágrimas.

Pasaron treinta y tres años de aquella promesa, y Cecilia nunca dejó de pensar en su compromiso de amor. Le tomó todo ese tiempo, pero jamás perdió la fe en hacerlo realidad. Su hijo, Junito, en aquel domingo, 24 de junio de 1973, plantó finalmente la cruz en el Peñón Amador. A eso de las tres de la tarde, mientras dos grandes nubes grises corrían por el cielo, Junito llegó a casa de Cecilia. Era la misma vivienda donde ella se crio de joven, pero con los años se le hicieron algunos cambios. El camino para llegar aún era arenoso. Había muchos menos arbustos de membrillo que en su infancia, y las filas de palmeras que custodiaban el estrecho sendero, aunque imponentes, también habían disminuido en número. La casona ahora mostraba el paso de los años; se podían notar pequeñas grietas en la estructura. El jardín del frente, que alguna vez albergó las plantas de hibiscos rojas, amarillas y rosas, desapareció. En su lugar, quedaba una mata de rosas sin flores. La casa continuaba dividida con la misma estructura de dos niveles. La escalera externa para llegar a la planta superior tenía el antiguo terrazo floral, pero lucía opaco, sin brillo y poroso. El amplio balcón olía a viejos recuerdos. La puerta del frente se hinchó por la humedad y el salitre; había que empujarla fuerte para poder entrar. No quedaba nada de la ferretería de su padre, aquella que estableció en el primer nivel cuando los hijos eran muy jóvenes. Desde hacía diez años, el local se había convertido en la residencia de Quique. Vivía en ella desde entonces, junto a su esposa Irene. Tras la muerte de Carmelo, el negocio comenzó a enfrentar problemas. Las malas condiciones de la economía del país causaron que las ventas se redujeran y, con ello, disminuyeron las ganancias. La competencia de dos nuevas ferreterías que se establecieron en el pueblo forzó el cierre del negocio.

Junito subió de cuatro brincos por la escalera, y llamó a su madre varias veces hasta que finalmente la encontró en la cocina. La casa, como siempre, tenía la mayoría de las ventanas cerradas. Una imagen del Sagrado Corazón de Jesús colgaba en una de las paredes de la sala. En otra, un retrato de Carmelo con Juanita en un marco ovalado. Los muebles eran de tela; en la mesa del medio, había varias fotos de Junito. Una vieja lámpara de pie custodiaba el librero. La Biblia de Juanita seguía en la tablilla del medio. El joven llegó, caminó hacia donde estaba su madre, y le dijo sonriente: "¿La viste?". La mujer, llena de lágrimas, lo abrazó y besó su frente varias veces.

—¡Gracias, hijo mío, por hacerme tan feliz! El día que me reúna con tu padre, le contaré de todas las hazañas que realizaste para colocar la cruz en el peñón —dijo Cecilia mientras secaba sus lágrimas con su pañuelo.

—Mamá, no pienses en eso. Es hora de celebrar y de ir a la playa. ¡Tienes que darle tu bendición a la cruz!

—Primero, tienes que comer. Hay pescado frito, arroz blanco y habichuelas.

—¡Sabes que no voy a negarme a eso!

—Lo vi todo desde el balcón. ¡Se les hizo difícil levantarla! —dijo Cecilia mientras servía la comida.

—Nos dio trabajo, pero se pudo colocar. Me raspé el tobillo con una piedra, pero no fue nada.

Sentados en la mesa del comedor, recordaron cada intento que hicieron para cumplir la promesa. Cecilia relató detalladamente sobre la primera idea, cuando su hijo tenía apenas tres años. En aquel entonces, fue Goyo quien propuso hacerla en concreto armado. Hablaron con Israel Rosa, el carpintero del barrio, un hombre que en ese tiempo tenía más de setenta años, pero aún continuaba activo en su profesión. Cecilia y Goyo lo visitaron para explicarle el proyecto. El septuagenario los recibió en la sala de la casa con una toalla sobre la cabeza. No quería exponerse al frío de la tarde para evitar que se complicara la condición de salud que padecía. Vivía con su esposa, y llevaba un mes sin poder trabajar por causa de una fiebre, escalofríos y dolor en las sienes. La conversación fue corta; acordaron entregarle los materiales en los próximos días y discutieron el precio de la edificación. El pago sería a plazos y, para cerrar el acuerdo, Cecilia le entregó $5 por adelantado. El carpintero se comprometió a trabajar en ella tan pronto se recuperara de aquellos males que sufría, pero dos semanas más tarde murió, y jamás supieron cuál fue la enfermedad que lo llevó a la tumba. Tras el deceso del carpintero, perdieron el pronto, las varillas y la madera provista. Ni Cecilia ni Goyo se atrevieron a reclamarle nada a la viuda. Cecilia regresó a la casa del difunto, le dio el pésame a la mujer y le entregó un dinero adicional para ayudarla con el entierro. No le mencionó nada acerca del fracasado acuerdo con su fallecido esposo.

En los años siguientes, Juanita se enfermó y las prioridades cambiaron. La mujer mostró una condición cardiaca que fue detectada cuando cumplió sus cincuenta años. Durante ese tiempo, Quique trató de construir una cruz en cemento sin éxito. El peso del hormigón hizo que los brazos de la estructura se partieran al intentar levantarla. Desistió de la idea, y reconoció la complejidad del proyecto.

Los años pasaron, y los quehaceres del hogar se complicaron. El trabajo de Cecilia aumentó, y la crianza de su hijo requería de más tiempo, lo que dificultaba hacer su promesa una realidad. Sin embargo, Cecilia nunca olvidó su compromiso de amor. Aunque se lo había prometido a Arturo, la realidad se imponía sobre sus intenciones. Pensaba que se iría de este mundo sin cumplirla.

A fines de 1963, la vida de Cecilia se volvió a llenar de dolor tras la muerte de su padre. Fue una época difícil. La joven buscó refugio en su trabajo; ayudaba a sus estudiantes y dedicaba toda su energía a los asuntos de la escuela. Apoyó a su hijo para que completara sus estudios universitarios, y decidió posponer todo lo relacionado a su juramento. Transcurrieron cerca de nueve años sin discutir una nueva alternativa. Fue a mediados de agosto de 1972 cuando Quique identificó una potencial idea para el proyecto de la cruz. Trabajaba como voluntario en la demolición de la vieja iglesia católica del pueblo de Camuy, una estructura en madera que tenía más de cien años de construida. Las grandes vigas de ausubo que sostenían el techo del templo le llamaron la atención al hermano de Cecilia. Eran de color grisáceo, pesadas, duras, y resistentes a los insectos y a la humedad. No mostraban quebranto; por el contrario, eran unos maderos fuertes y llenos de historia. Aprovechó la cercanía y amistad con el cura para pedirle si podía donarle algunos. Le regaló tres de ellos. Con la ayuda de Goyo y Junito, las transportaron en la camioneta de un amigo de Goyco hasta un terreno vacío cercano a la playa del Peñón Amador. Las colocaron junto a la orilla para trasladarlas fácilmente a su destino final. Los maderos permanecieron en aquel lugar por más de cinco meses. Los niños del barrio los utilizaban como parte de sus juegos. Era la superficie perfecta para las peleas de gallito, un juego casero creado con las semillas de algarrobo. También sirvieron como una pista para el juego de la carretilla. Utilizaban el principio y el final de aquellos palos largos como el punto de salida y llegada. Además, se convirtió en el punto de encuentro de los hombres de la Bajura, donde se contaban las historias y leyendas del pueblo, mientras algunos fumaban y otros discutían sobre la pesca del día siguiente.

Luego de la comida, Cecilia decidió cambiarse de ropa y Junito se quedó sentado en el balcón. El joven miró hacia la playa, y recordó los días que trabajaron para formar el símbolo que ya reinaba sobre el peñón.

Todo empezó en noviembre de 1972. Un evento de oleaje fuerte se produjo como resultado de aquello que los pescadores llamaban "La marejada de los muertos". Las olas, de 7 a 9 pies de alto, rompieron en la costa. Con la ayuda del viento, se transformaron en un gigante, quien caminó hacia la orilla y arrastró mar adentro todo lo que encontraba a su paso. Se llevó dos de los travesaños colocados cerca de la playa. Al terminar la marejada y ver al mar tranquilizarse, Goyo se zambulló en las aguas frente el peñón para ver si estaban en el fondo. Descubrió que la marejada se encargó de hacer la limpieza especial del año. No había ni rastro de ellos. Ese embate salvaje retrasó la construcción de la cruz por cerca de un mes. Hubo que recurrir de nuevo a la caridad del cura, quien donó la última viga de ausubo que le quedaba para que completaran el proyecto.

Unos meses más tarde, se dieron a la tarea de cortar la dura madera para ensamblar la cruz. No era posible con las rústicas herramientas que tenían. Hablaron con el hijo de Israel Rosa, quien siguió los pasos de su padre y, al regresar del ejército, comenzó a ejercer como carpintero. Alfredito les prestó un serrucho que tenía los dientes bien afilados, lo que hacía que no se atascara al realizar los cortes. Por otro lado, les tomó tiempo determinar las medidas de la estructura. Quique insistía en que debía tener 20 pies de altura para que se pudiera ver desde la carretera principal. Goyo pensaba que debería ser más pequeña, para que así se viera, pero no afectara la imagen del peñón. Junito, que era delineante y trabajaba en una compañía farmacéutica, fue quien formuló la idea para crearla. Preparó un diagrama con los detalles requeridos para cortar y formar la cruz. Con la ayuda del dibujo, les explicó las medidas.

—Esto de aquí será el palo, que es la parte vertical. Debemos cortarla de 16 pies y medio de alto. Eso nos dará cerca de 15 pulgadas para introducirla en la roca. Esto otro es el travesaño: es para crear los brazos, y debe ser de 7 pies. Es importante que mantengamos la simetría. Por último, esta será la cúspide, y debe medir alrededor de 4 pies —explicó Junito con voz calmada—. ¿Me entienden?

—Aquí el arquitecto lo tiene todo delineado. ¿Para qué vamos a discutir? A cortar se ha dicho —dijo Goyo, y prendió un cigarrillo.

No hubo más discusión, así que se dieron a la tarea de construir. A pesar del buen equipo, les tomó tiempo completar los cortes para cada una de las piezas. Quique ayudó a Goyo, quien se encargó de trozar las ranuras para encajar el travesaño con el palo. Junito taladró la madera para colocar los tornillos de acero inoxidable y fijar los dos tramos. Al finalizar el trabajo, dejaron las vigas en aquel mismo sitio hasta que las fueran a llevar al peñón.

El próximo paso consistía en identificar el lugar donde se iba a colocar la cruz. Unas semanas más tarde, en el bote de Goyo, viajaron al peñón con las herramientas para perforar la piedra y crear el hueco donde ellos anclarían el tramo principal. Junito marcó el sitio, y comenzaron a picar la roca para abrir el agujero. Sin embargo, ninguno de los cortafríos funcionó para ese proceso; después de varios golpes con el martillo, perdían el filo. El hijo de Cecilia intentó utilizar el más afilado, que resultó ser el más difícil de sostener. En el cuarto golpe que realizó, el martillo se desvió y, en vez de dar en la cabeza del cortafrío, finalizó dándole a la punta del dedo pulgar. Gritó, maldijo y lanzó con coraje el flaco cincel a las aguas frente al peñón. Goyo y Quique trataron varias veces sin lograr perforar aquella piedra dura. Necesitaban otro tipo de herramienta para lograr su cometido.

Alfredito les consiguió un taladro de gasolina que pertenecía a la compañía que construía el expreso de Dorado a Hatillo. La semana antes de la Noche de San Juan, volvieron al peñón con la nueva herramienta, que les costó $25 rentarla. Dos horas más tarde, lograron completar el orificio de alrededor de 15pulgadas de hondo. Antes de regresar a la costa, Goyo les presentó una idea para transportar las largas vigas hasta la cima del peñón. Sugirió utilizar dos embarcaciones para remolcar los travesaños. Además, les propuso completar el trabajo el domingo, 24 de junio. Un estrechón de mano selló el plan establecido.

—Ya está todo habla'o y tenemos un acuerdo. No hay más que decir, regreso a nado —dijo Goyo.

Se quitó la camisa, los zapatos, los dejó en el bote y se zambulló en las azules y verdosas aguas del océano Atlántico.

La voz de Quique vibró en los oídos de Junito y lo sacó de sus recuerdos.

—Muchacho, despierta, que debemos regresar a la playa. Se nos hace tarde.

Era casi de noche, y habían acordado ir juntos con Cecilia para darle la bendición a la cruz.

—¿Sabes algo de la protesta que armó Maximino Cabrera? —preguntó Junito.

—Eso desapareció. Goyo convenció al hombre para que desistiera de aquellas boberías. Todo está tranquilo.

—Y tu mano, ¿está bien?

—Sí. Me limpié y me puse este vendaje. No es nada —dijo Quique acerca del tajo que se dio cuando estaban montando la cruz.

En su cuarto, Cecilia escuchaba los comentarios de su hermano mientras ella se peinaba frente al espejo de la coqueta. De repente, sintió un dolor y presión en el centro del pecho junto a una leve fatiga que, por un instante, dificultó su respiración. Tras inhalar profundamente, tocó su tórax y pensó que era una señal de su amado Arturo. Caminó despacio hasta llegar al balcón para hablar con su hijo. Le explicó que prefería descansar por el resto de la tarde. Haría la oración y su plegaria en la mañana, cuando no hubiera tanta gente. Junito no se opuso y, en cambio, invitó a su tío a compartir un rato en la celebración que aún continuaba en la playa. Cecilia, por su parte, se quedó parada con su mirada fija en el Peñón Amador.

Después de unos minutos, Cecilia colocó en el tocadiscos de la sala un disco LP para escuchar nuevamente la canción predilecta de Arturo. Luego, fue a sentarse en la vieja mecedora del balcón, mientras sonaban las voces del Trío los Condes: "No habrá una barrera en el mundo que mi amor profundo no rompa por ti…". Recordó las muchas veces que Arturo entonó aquella melodía. Suspiró. Pensó que entre ella y él solo existía una frágil pared, un velo material que lo ocultaba a su vista. Era cuestión de tiempo antes de que pudiera atravesar ese espacio. Mientras observaba la presencia de la luna en cuarto menguante, todo el balcón se llenó de memorias. Cecilia sonreía en silencio al acordarse de aquel momento de pasión vivido con Arturo. Él nunca lo llegó a saber, pero aquella noche de verano, cuando la luna llena se ocultó por unos instantes, fue de muchas bendiciones. Los dos se encontraban tumbados en la arena, nerviosos, llenos de miedo, pero lograron forjar el vínculo eterno que los uniría más allá de este mundo; aquel que marcaría para siempre la vida de Cecilia. Fue lo que dio sentido a su existencia en esta tierra, luchando cada día con todas sus fuerzas en la misión de criar y enseñar a vivir. No le importó que la juzgaran por ser madre soltera ni ser el tema de chismes en el barrio; ni siquiera le importó la vergüenza que su decisión supuso para Juanita y Carmelo. Junito representaba el paso hacia el acto supremo de la libertad: disfrutar del amor genuino sin límites ni condiciones, tal como siempre había deseado.

Al terminar la melodía, Cecilia sintió frío y malestar estomacal. Se dirigió a su habitación en busca de un abrigo y aprovechó para sacar de la mesa de noche la carta que Arturo le envió el 5 de junio de 1939. La leyó despacio, contando las palabras, y volvió a recordar la mirada de los ojos verdes del joven pescador. Pensó en lo que haría esa noche. Regresó a la sala y buscó en la Biblia de Juanita la carta que ella escribió para Arturo treinta y seis años atrás, el día que partió hacia Río Piedras sin despedirse de él. Esa fue la carta que su madre nunca le entregó. Le llamó la atención ver subrayado el versículo de Juan 11:25-26.

En ese instante, escuchó las risas de su hijo y Quique, que llegaban a la casa. Miró el reloj, y eran las nueve de la noche. Cecilia colocó las dos cartas entre las páginas de la Biblia, regresó a su cuarto y la guardó en la mesa de noche. Ambos escritos mostraban de forma clara: el amor intenso que ellos compartieron. Luego, recibió a su hijo y a Quique en el balcón.

—Pensé que no iban a llegar. ¡Se les hizo tarde!

—Mamá, nos entretuvimos hablando con Goyo. Tú lo conoces y sabes lo mucho que le gusta hablar. Hasta cantó unas canciones. ¡Todavía le queda voz!

—Queríamos disfrutar un rato después del trabajo con la cruz. Me despido, que mañana hay que madrugar. Se acabó la fiesta por hoy —comentó Quique.

—Dame un abrazo antes de que te vayas. ¡Te agradezco tu ayuda! —dijo Cecilia y apretó fuerte a su hermano.

—Mañana, cuando venga de trabajar, vamos para que bendigas la cruz —expresó Junito.

—No te preocupes, yo lo haré temprano —aseguró Cecilia, y miró con ternura a su hijo.

El joven abrazó fuerte a la madre con una gran sonrisa; ella acarició su rostro y lo besó en la frente con amor. Un brillo de tristeza se reflejó en la mirada, y musitó para ella: "Cuídalo Dios todopoderoso, que es un gran muchacho". Cecilia lo adoraba. Se le parecía a Arturo, y gozaba de verlo feliz. Junito se retiró a su cuarto y Cecilia volvió a pensar en sus planes para bendecir la cruz.

Decidida a honrar a Arturo, la mujer decidió ir a la playa por la madrugada para ofrecer una plegaria. Sabía que él estaría junto a ella en ese instante. Aprendió, muchos años atrás, que la vida en este mundo era como un corto pasadizo a un universo más feliz. Vivía convencida de que su amado pescador se mantenía siempre a su lado, observándola y escuchándola, igual o tal vez mejor que antes. Además, reconocía que el sentimiento de amor trascendental que existía entre ellos los mantenía unidos.

Una vez Junito se acostó, Cecilia fue a la cocina para buscar un vaso de agua. Sintió un mareo repentino, y entonces confirmó que algo le sucedía. Aun así, no le dio mayor importancia. Pensó que solo era la emoción de ver realizada su promesa. Sonrió al observar el paño tejido en crochet que adornaba la vieja mesa del comedor. Recordó a su madre, y pensó que, en algún momento, volvería a estar junto a ella. Luego, regresó a su habitación, soltó su cabello y se cambió de ropa. Vistió un traje blanco de una sola pieza, casual, liso, de cuello redondo y mangas hasta los codos, con detalles en forma de escamas, que le llegaba a la rodilla. Lo había comprado mucho tiempo antes para esa ocasión tan especial.

Esperó hasta pasada la una de la madrugada para salir de la casa. Estaba cansada, y volvió a sentir un sudor frío correr por su cuerpo.

Todo lucía callado; el mar dormía. Desde el balcón, recorrió con la mirada la playa del Peñón Amador. Estaba sola, como a ella le gustaba, sin ruidos, voces, ni llantos. Bajó despacio por la escalera. Caminó por entre las palmeras acompañada de una brisa suave cargada de salitre. Sonrió al ver a lo lejos las yolas de los pescadores, los arbustos de membrillo y los uveros. Recordó el beso tierno, apasionado, que un jueves por la noche, treinta y tres años atrás, le obsequió su joven pescador. De repente, le pareció que el tiempo no fluía ni existía; que era una ilusión. Los recuerdos del pasado lejano volvían como si hubiesen ocurrido justo el día anterior. Despertó del trance, y entendió que no era el momento de pensar en eso.

Su cuerpo le indicaba un malestar extraño que no lograba entender. Le aumentaba la presión en el pecho, y aún así quería dar gracias por su vida y pedir perdón por cada error cometido. Se sintió agradecida, satisfecha, y llena de orgullo por sus logros. Dejó su herencia presente en los cientos de niños que educó, al igual que con su hijo. Experimentó una debilidad repentina en todos sus músculos, pero se armó de fuerzas, y sus pies se desplazaron sobre la arena; iba con la cabeza en alto, en dirección a la playa.

Conmovida, la luna permitió a un grupo de estrellas, con sus luces tenues, mostrarle la cruz en el peñón. Cecilia dejó sus zapatos sobre una yola que estaba virada en la orilla, continuó su andar lento y escuchó el zumbido del viento que pareció jugar con su cabellera. Fijó la mirada en el Peñón Amador, y proclamó en voz baja: "Dios, bendice la cruz y a mi querido Arturo". Cecilia se apretaba el pecho con la mano. Una sensación de sosiego y conformidad la acompañaban, aunque también sentía fatiga y una molestia intensa en el lado izquierdo del cuerpo, que se extendía hacia el brazo, el hombro y la espalda. Le faltaba el aire. Consciente del momento, aturdida, pensó que alucinaba, como si la vida parpadeara ante sus ojos. Le pareció que todo terminaría y, al mismo tiempo, surgiría un nuevo comienzo.

El agua fría le llegaba hasta la cintura cuando vio una luz brillante que iluminaba un sendero flotante donde estaba lo que parecía la figura de Arturo. Podía verlo: sonriente, con los brazos extendidos. Notó que vestía una camisa crema, amarrada con un nudo a la altura del ombligo, y unos pantalones enrollados hasta los tobillos. Su aroma marino se hacía presente; se le acercó, la abrazó y le besó el cuello. No tenía duda, era su enamorado que la rodeaba con el propósito de comenzar una nueva travesía juntos. Esta vez, Cecilia Amador fluyó libre, cerró los ojos, respiró hondo y se dejó querer por el abrazo del mar.

SOBRE EL AUTOR

Miguel A. Crespo Arbelo nació en Camuy, Puerto Rico, un pueblo costero donde las olas del mar brillan y producen un mágico sonido al romper contra las rocas. Tiene un Bachillerato en Ciencias de la Universidad de Puerto Rico. Además, posee un grado maestría en Escritura Creativa de la Universidad Sagrado Corazón.

Antes de involucrarse en el mundo de la escritura, tuvo una emocionante carrera profesional dentro de la industria farmacéutica, donde trabajó por espacio de treinta y cuatro años. Ocupó diversos puestos gerenciales relacionados con el control de calidad y la administración de la empresa.

También, desde el año 2013, se ha desempeñado como artesano, transformando la madera, por medio de la técnica de intarsia y la talla de santos. Es artesano certificado por la Compañía de Fomento Industrial y el Instituto de Cultura de Puerto Rico.

Aroma a salitre es su primera novela, una historia que combina la realidad con la ficción para mostrarnos el amor como tema central.

Made in the USA
Monee, IL
25 September 2023

43412840R00094